OJI
想い空のかなたへ
トキ!

OJIトキ！——想い 空のかなたへ

目次

第一章

貴さん

「川田さん。八木部長がお呼びです」

「うへっ、部長が？」

デスクで書類を整理していた川田は、一瞬にして不穏な空気を感じた。それはこれまであまり外れたことのない第六感的感覚だった。こと八木部長に関しては、的中率は八割を超える――とりわけ「お小言」の場合は。

（そういえば、今日は仏滅だったな）

川田は憂鬱な面持ちで八木部長の席に向かった。

八木部長、会社の生え抜き的存在。名前の通りヤギのように白いあご鬚をちょっぴり蓄えているが、頭には一本の毛もない。若い社員たちに「自分のカミを食べたのよ」と揶揄される彼は、普段は好々爺の優しさだが、一度癇癪を起すと雷声一喝、それこそ野生のヤギのように見た目と裏腹に凶暴さを発揮するのだった。しかし、部下の面倒見はよいので評判はさほど悪くない。

「何かありましたでしょうか」

部長のデスクの前に進み出た川田は、「気を付け」の姿勢でたどたどしく尋ねた。

「これを見ろ」八木部長はにこりともせず、川田に紙の束を差し出した。

「これは……」

「また苦情の手紙だ。今度は社長宛だぞ。よほど怨念があるとみえる。販売店について延々と十五枚に亘って恨み事が綴られておる。エコ意識も強いのか、印刷に失敗した紙やチラシの裏側を使っている」

「あの、どのような内容で」

「とにかく一度読んで、要旨をまとめてくれ。秘書部に報告せねばならん」

川田はその手紙の一枚を読んで面食らった。膨大な文字群は一見達筆に見えるが癖字も癖字、しかも崩してあるため、文章の半分も分からない。これは本当に日本の文字なのか……そう疑いたくなるような代物なのだ。

「あの、これをいつまでにまとめれば？」

「すぐやれ。今日中だ！」

（これは、一読するだけで恐らく一時間、少なくとも二回は読んで、要約してワード入力して、今日中？　そんなあ）

川田がため息をつきつつ席にもどると、女性社員から声を掛けられた。

「川田さん。受付に苦情の申し立てで、お客様がお見えです」

「あれ？　佐藤君がいるだろ？」

「佐藤さんは、今日は研修でお休みです。川田さんお願いします」

（何もこんな時に）川田は頭を掻きつつ、やむなく一階の応接室に向かった。

応接室の扉を開ける。

するとそこには、四十代中頃と思われるご婦人が、顔をしかめてソファーに座っていた。

「失礼します。お客様応対の責任者をしております、川田と申し……」

川田の挨拶が終わらぬうちに、くだんの婦人はやおら立ち上がると、

「あなたが責任者？　これどうなっているのよ！」

瓶の底にヒビの入った化粧品の容器を、川田の鼻先に突き付けた。

(ふぇええっ⁉　来たっ！)

思わず身体がすくむ。こういう口調や態度は、何度経験しても冷や汗が出る。

「あのお、状況を詳しく教えていただけますでしょうか」

川田が恐る恐る尋ねると、

「見てのとおりよ。ビンが割れちゃったのよ。どうしてなの、ちゃんと説明してもらいたいわ」

女性は今にも川田に飛びかかってきそうな勢いだ。

「その、何が原因で」

「自転車の籠に入れて走っただけよ。おかしいでしょ」

「あの、バッグか何かに入れた状態だったのでしょうか」

「バッグ？　ちゃんと紙袋に入れたわよ。ビンなら多少の衝撃に耐えて当然でしょ」

「は、はあ」川田は自転車の籠の中で、瓶が揺れ動く様を想像した。

「それにね、私いつもあなたの会社の化粧品を持ち歩いているのよ」

「それはご愛用ありがとうございます」

「でしょ。これから使おうって、わくわくしているときに割れたのよ。私の気持ち分かる？」

「せっかく買っていただいたのに。それは……残念でしたね」

「でしょ、でしょ。だから、弁償してもらえるわよね？」

「いや、その、それは、ちょっと……」

「何言ってるの、あなた。ビンが割れたって言ってるじゃないの。これから使おうって時に……だから、弁償してちょうだい！」


——ああ、なんでこうなるんかなぁ……？

川田貴久——五十二歳。四歳年下の妻と大学生の息子二人を持つ、中肉中背（最近再び太めになってきているが）の平均的サラリーマンである。長らくの販売部門を経て、現在はお客さまサービス部で化粧品販売店の教育と苦情処理の責任者を仰せつかっている。真面目でお人よし、人とは一味違ったユニークなキャラで親しまれているが、出世という意味では恵まれず長年係長の不遇をかこっていた。それは、時に素晴らしい成果を上げるものの、持ち前の好奇心豊かな発想ゆえにしばしば上司の理解を超える言動が現れたり、或いはいわゆる「ごますり」をしないことが災いしていた。

「川田さんは仕事は一生懸命やるけど、サラリーマンは下手だよね」とは、ある後輩の川田評である。

川田自身も以前は、無心に頑張れば結果はついてくるものと我が道を進んでいたが、さすがに最近は「サラリーマン道とは？」と考えることもしばしばだった。

＊

十二月の半ば、川田が家に帰るとエアメールが届いていた。差出人は、カナダの友人ポール。中身はクリスマスカードと、その年の出来事をレポート風にまとめたものだった。カードのメッセージは日本語で書いてある。

「タカさん……今年の夏、サイクリング仲間で、カルガリーからイエローナイフまで行キマシタ。十八日間、自転車で走ッテ、食ベテ、飲ンデにぎやかな旅デシタ。ただ、キョリはいつもよりも長くて、ざっと二千百キロでしタ！」

川田は手紙を読み終えると、目を閉じ、その情景を想像した。

――路傍の草々が一陣の風になびき、その傍らを五台のマウンテンバイクが一直線に駆け抜けてゆく。ヘッドギアにサングラス、各々赤・青・黄など色とりどりのシャツ。身体にフィットして一足漕ぐごとに筋肉のフォルムが隆々と動く。額からの汗がうっすらと光っている。

カナダ縦断ツアーは始まったばかりだ。

バンフの夏は短く、空の青はひときわ眩しい。見渡す限りの針葉樹、その向こうには純白の万年雪を頂くカスケード山。緑一帯の麓の路を滑らかに走りゆく一列のバイク達。ホイールの軋む音が風を感じさせる。

旅の途中には雨もある。初夏とはいえ、ツンドラの雨は冷たい。坂道を湯気を上げてペダルを漕ぐ五人。荒い息遣いだが、リズムを崩さぬよう上体を維持して休まず脚を動かす。雨や急な坂道もサイクリングの一部だ。

雨一過、山駆けの中頃。雲間から幾筋もの光が降り注ぎ、緑が一気に呼吸する。眼下に広がる湖にさざ波が起こり、無数の光が瞬く。その時ばかりはペダルの音がしばし止む。一日百キロを行く戦士たちの一時の休息だ。

夜が来る。闇の中に点々と灯りがともる。世界中のサイクリストが集うバンフのロッジの一つに、五人が寛いでいる。温かな室内、笑い声、肉の焼ける香り。今日一日を共に駆けた仲間と味わうワインは格別だ。「乾杯！」の声が響き渡る――。


「これ、ポールからのクリスマスカードと手紙。初夏に今までにないようなサイクリングをしたって書いてある。十八日間で二千百キロだって！」

「すごいわね。あなたと同い年なのに、えらい違い」

「まあ体力が違うというか、物が違うというか。趣味の域を超えているよ」妻蓉子のストレートな言葉に、川田は苦笑いした。

「ポールの奥さんも、時々一緒に結構な距離をサイクリングするらしい。蓉子も俺と一緒にやってみるか？」

「遠慮しておくわ。日焼けしちゃうし。あなた、一人でやってね」

「冷たいなあ。そうだ、一度カナダ行こうか」

「その話、一体何回聞いたかしら」

「今度こそは、だよ。夏のカナダいいぞ」

「はいはい。楽しみにしています」

そう言うと、蓉子はテレビのスイッチを入れ、ドラマを見始めた。

「おいおい……まったく……」

自分の提案を全く本気にしていない妻の様子に、再び苦笑するしかなかった。

（もっとも、カナダどころか、この十年、お袋の面倒見やら息子たちの受験やらで、家族旅行もご無沙汰だしな。特に蓉子は、お袋が他界するまで、ずっと忍耐の日々。ずいぶん苦労をかけてしまった）

二年前に亡くなった川田の母は、大変な気分屋だった。気に食わないことがあるとすぐに癇癪を起し、月に一度は大噴火をしていた。言い方も辛辣でおまけに時間が長い。一方的にがなりたてることが一時間以上続くのはしょっちゅうで、蓉子は毎回じっと嵐のような時を耐えていた。恐怖の独演会が終わってようやく母が目の前から立ち去ると、蓉子は台風後の静けさにポツリ、

「あ〜あ、やっとおさまったわ。こんなことばかり。私って、ボランティアで結婚したみたい」

とぼやくのであった。

（しかし、時、遂に来たれりだ。来年の夏こそはカナダに行こう！）

川田は棚の奥にあった一枚の写真を取り出した。

それは、とある海辺の民宿でポールと一緒に撮った写真だった。確か二人でサイクリングツアーに行ったとき、宿のおかみさんに撮ってもらったものだったと記憶している。

ポールは学生時代の夏、交換留学生として来日した。わずか二ヶ月の付き合いだったが、若き日の思い出は深く胸に刻み込まれて色褪せることはない。

＊

当時、川田は大学二年生。苦心して掴み取ったキャンパスライフは、始まってみればやや拍子抜けするような物足りなさを感じるものであった。もちろんサークルなどで新たな友人との交流もあったが、どこか満たされないものを抱えたまま大学に通い続けていた。そんな時出会ったのが、カナダからやって来たポールだった。

「川田、彼がポールだ」

四月のとある夜。高校時代からの友人に誘われて訪れた居酒屋で、川田は初めてポールと顔を合わせた。何も知らされていなかった川田は、見慣れぬ異国人との遭遇に狼狽した。

「ハ、ハロー」

「タカさん、ですネ。はじめマシテ。ポールでス」

ポールがたどたどしくもきちんと伝わる日本語で返事をしたので、川田はますます泡を食った。

「おい、川田。ビクビクするなよ」友人は半笑いのまま川田の肩を軽く小突いた。

「お前も知ってるだろ。ウチの親父が私大の英語の教員で、昔っからホームステイの受け入れ先をやってる。で、今度の人がこのポール。カナダ人で年は二十一だ。たまたま俺たちの大学に二ヶ月滞在する。まあ仲良くやってくれ」

「あ、ああ」川田はぎこちなく頭を縦に振った。

「とにかく、滞在中にいろんな思い出を作ってもらおうと思ってるんだが、ステイ期間が短いんで日本中を観せて廻るのは無理だ。だったらできるだけ多くの人と会わせてやろうと思ってな。どうせならポールと同じキャンパスに通う人間の方がいいし」

「ソウイウ訳です。どうか、ゴジッコンに」

「ご昵懇!? どこでそんな日本語を覚えたんだい」

「このフレンドのパパでス」

「おい木村、お前のところの親父大丈夫なのか」

「タカさん、カレのパパは、セイジンクンシですよ。ダイジョウブではありません。セイジンクンシ。わかりまス？」

「おいおい、ますます不安だぞ」

「気にするな」木村は川田の背中をパンと叩き「ポールは優秀な生徒なんだ。何でも吸収する。そのうち自分でまっとうな言葉を取捨選択するようになるよ」

聞けば、彼はカナダの大学でバイオテクノロジーの研究を専攻しており、「東亜モンスーン気候帯における固有的多年草の生態」を学ぶために日本にやってきたという。

とにかく格好良い。背が高く、肩幅があり、手足が長い。細身でアスリートを思わせる筋肉質の偉丈夫。そのわりに頭は小さく、ゆるいカールのかかったブロンドヘアの下に黒縁眼鏡。レンズの向こうのブルーの目は優しげに澄んでいる。ポールは穏やかな性格で、口数は少なめだが社交性もあり、大学サークルのいくつかの集まりに顔を出していた。

そんな彼の存在を、川田は当初あまり気に止めていなかった。しかし、大学近くのとある居酒屋で偶然隣同士になって一緒に食事をした時のことだ。

「タカさん。アナタはミヤマムラサキという花を知っていますカ」

「ミヤマあ？　いや、アイドントノウ」ポールの突然の問いかけに、川田はドギマギしながら首を横に振った。ポールはお構いなしに続けた。

「ミヤマムラサキは、ホンシュウのミドルエリアの高山地帯にしか咲かない小さな花。ワタシは、そういう花をスタディするため、日本に来まシタ。特定の地域でしか生息できない固有の植物、日本にもたくさんあるのデス。ワタシは、世界中の固有種を調べるのが夢デス」

「こ、固有種？」

「そうデス。タカさんは、何か興味を持っているものありマスカ？　いろんなことに興味を持ッテ実行するノハ、時間タップリある学生時代がチャンスでス」

川田は困惑した。今、興味を持つものなど特になかったし、そのことは自分自身もおぼろげに

「このままではいけない」と感じていた。言葉に詰まっていると、ポールは優しい目をして、

「タカさん、今のあなたは、メランコリックに見えます。ハートが沈み込んでイマセンカ？」

「いや、そんなことは……」川田はポールに自分の核心を見抜かれたような気がした。出会って間もない異国の青年に、自分の裸の内面を見透かされたように感じた。


この時を境として、川田とポールはたびたび会うようになった。二人は構内のいたるところをほっつき歩いたが、スレンダーなイケメンのポールとずんぐりむっくりでふっくら顔の川田が並んで歩く姿は、キャンパスの可笑しくも微笑ましい風景だった。


あっという間に時が過ぎ、いよいよポールが二週間後に帰国すると決まると、最後の思い出として自転車でツーリングの旅に出ようと、川田が提案した。ポールの趣味がサイクリングだったし、川田も自転車は嫌いではなかったのですぐに話は決まった。

「ポール、ちゃんとおれに着いてこいよ」中学からずっと野球をやってきた川田は体力には相当自信があった。自転車なんてちょろいもの。外国人といくら体格差があるといったって、スポーツごとで自分が負けるはずがない。「オテヤワラカに、お願いしマス」

「おおーい。待ってくれえ」峠の坂を立ち漕ぎして上体を左右に大きく揺らしながら、川田は情けない声をあげた。

「ミスタータカさん」五十メートルばかり先で自転車を停めたポールが川田を振り返り、微笑んで言った。

「また、オテヤワラカ、しましょうか？」

「あのなあ、ふう、ポール」川田はやっとのことでポールの傍に辿り着いた。「何回も言うけどさ、『オテヤワラカ』っていうのは、休憩って意味じゃない」

肩で息をしながら川田は喘ぐように言った。

「もっとも、ちょっと休憩したいのはヤマヤマだが」

「でしょう、ジツにそうでショウ。じゃあ、『オテヤワラカ』しましょう」

ポールの体力は尋常じゃない。よく考えたら、彼は山岳地帯の植物学を専攻しているので、野や山を旅して回るフィールドワークで体が鍛えられているのだ。

「ポール、君の体力には驚いた。見た目は細身なのに、なんて馬力なんだ」

「ミスタータカさん、あなたこそ」ポールは涼しげな顔をして答えた。

「重たそうなボディをしているのに、よくガンバっていまス」

二泊三日の短いサイクリング旅行であったが、雄大な夕日を眺めながらともにツーリングし、最高の日々を過ごした。ポールは時折道々咲く花の写真を収めては、とびきりの笑顔を見せた。

川田は海辺の民宿の二階から海を眺め、ポールと語り合ったことを思い出した。海の匂い、波の音が絶え間ない時の流れを予感させ、いつか訪れる別れの時を伝えていた。

「タカさん」ポールは細い目を光枯れゆく水平線に向けて言った。

「ボクは、日本へクサバナの研究のために来たノデスガ、タカサンに会うために来たような気がしマス」

「おおっ、うれしいこと言ってくれるね」

「トコロデ、タカサンは、大学卒業した後、なにをするヨテイですカ」

「そうだなあ」川田はちょっと考えて「今まで大学に入ることで精いっぱいだったから、その先までは特に……。ハッキリとした目標なんてないんだけど、少しずつ何かが見えてきたような気もする」

「何ガ見えてきまシタか？」

「どう言ったらいいのか」川田は少し考え「何か、人を喜ばせるようなことをしたいかな」

「それはタカさんにウッテつけデス」

「え？」

「タカさんは、背はアマリ高くないけれど、ボディががっちりしていて、カオがまんまるくて、動きがちょこまかとしていて、コミカルです。見ているダケで、人がシアワセになりマス」

「こらこら」

「スミマセン。悪気はナイです」

「だいいち、見た目の問題は、ぼくの責任じゃない」

「ウンメイ、ですカ」

「おいおい、余計に重たいだろ。とにかく、何かをして、人を楽しませたり、喜ばせたりしたいんだ」

「グタイテキには、どんなことですカ？」

「それはまだ、はっきりとは……」川田は困ったような笑いを浮かべポールを振り返った。ポールは川田の顔を見てにっこり微笑んだ。

「タカさん。どんなコトでも、何かを一生懸命やったら、カナラズ人のためになりマス。そしたら、人は嬉しくおもってくれまス。タカサンなら、誰よりも早く人を喜ばせることができル」

「どうしてだい」

「それは、タカさんのもっているムードが、なぜかワカラないけど、ひとをシアワセにするからデス」

「また見た目の話かい？」

「それもアルけど、百パーセントじゃアリマセン。説明しにくいですが、不思議なコトに、タカさんと一緒にいると、アンシンな感じがするのデス」

そう語るポールの表情はとても穏やかであった。

「ワタシみたいにガイコクから来た人間でも、タカさんといると自然にリラックスしたキモチになれマス。こうして二人きりでツーリングすることに、何のフシギも感じナイ。これ、国際的に例のナイことデス」

「アンシンな感じ、か」

「タトえて言うなら、タカさんは、花なのです」

「花？」

「ソウデス。花は何も言わないケレド、そこにあるダケで人のココロをなごやかにしてくれマス。そんなフシギナなオーラを、タカさんは出している」

そう言われて川田は妙に照れくさくなり、その丸い顔がつぶれた饅頭のようになった。

「プッ」にわかにポールが吹き出した。

「な、なんだよ」

「ホントに、オモシろいカオですね」

「まだ言うか！」

「国際的にも例がナイです」

「人を天然記念物みたいに言うな！」

「シャシン、撮ってもいいですカ」

*

あれから三十年もの年月が流れた。この間、年一回程度ではあるが手紙のやり取りがずっと続いている。近年はまれにメールのやりとりもあるが、英語での即答が面倒なせいか、一年に一度の振り返りという意味合いからか、相変わらず手紙が主である。会おうという話も幾度となく持ち上がったが、二人とも時間が取れず、それぞれの住む場所も遠く離れているのでなかなか実現はしなかった。

川田はソファにかけ、写真の中で笑っているポールに呟いた。「世界中の固有種か……どこまで確認できたんだろう」

第二章　ＤＴＡにて

まだ肌寒さが残る三月も終りの日曜日。川田は家族と一緒にダイニングでコーヒーとトーストの軽い朝食を摂っていた。

「あなたったら、大きな声で寝言を言ってたわよ。もう、うるさかったわ」

「寝言？　ああ、仕事の夢を見ていたからな」

「担当者がどうのこうのって。安眠妨害よ」

「そんなこと言ったって、見たくて見ているわけじゃないし。とにかく、お客がすごい剣幕で怒っていた」

それを隣で聞いていた長男の靖之が尋ねた。

「父さんの部署ってそんなに苦情対応の仕事多いの？」

「ああ、多いな。なんだかんだ言って半分はお客さんのクレーム関連だな。直接応対したり、販売店から相談受けたり」

「そうなんだ。実際にどんな苦情が来るの？」

「いろいろあるが……中にはびっくりするようなやつも来る。例えば……」

川田は目を閉じ腕組みをし、とあるお客からの申し出を思い返した。

——コールセンターの女性から

「直通電話に、どうしても『責任者を出せ』とお客様が……」

と言われ、電話に出たんだ。

「はい、お電話代わりました」

「もしもし、クレーム受付の責任者？」中年男性の声だった。

「そうです。川田と申します。あの、まず伺いますが、この直通電話の番号をどこで」

「そんなことはどうでもいい！」

「わ、分かりました。お話をお伺いします」

「きみのところは化粧品を売るばかりでなく、客の生活を混乱させるようなことまでやるのかね」

「ど、どういうことでしょうか」

「お宅のスタッフの対応のせいで、個人情報が漏えいしたんだよ」

「あのう、詳しくお話しいただけますでしょうか」

「いいかね。私も一応経営者なんだがね、言わせてもらう。お宅の社員教育はクオリティーが低すぎるよ。接客はその場限りで対応できればいいというものじゃない。客が化粧品を買う、その背景とかいったものまで含めて気を配れないから、今度みたいに大問題になるんだ」

「実際に、どのような問題が……」

「今から言うから黙って聴け！」

男は理屈を述べながらカンカンに怒っていた。

「先日私は家内と一緒にデパートに行き、君のところの化粧品のテナントブースに入ったんだ。いろいろ見て、ある化粧品のサンプルをもらった。二日後に私は独りデパートを訪れサンプルと同じ化粧品を買った。そこまでは良かった。だが、そのまた二日後に、今度はうちの家内が化粧品を買いに行ったんだ」

「度々ありがとうございます」

「馬鹿、勝手に有難がってろ。家内がその化粧品をレジへ持っていくと、お宅のスタッフが家内のことを覚えていてこう言ったそうだ」

『もう使い切られたんですか？これはそんなにたくさんつけなくても大丈夫ですよ。小指の爪くらいの量をよおく伸ばしてお使いいただければ一ヶ月は持ちますよ』

『だけど先日いただいたのは五日間のお試しサンプルですよ。あの化粧品すごく肌にあって。今日は改めて買いにきたんです』

『それはありがとうございます。しかし、おとといもご主人がお買い求めにいらっしゃいましたが』

『主人がおとつい？　ああ、あの帰ってこなかった日ね……』

「その後どうなったか想像がつくだろ。いいか、うちの家内は勘が鋭いんだぞ。一体どうしてくれるんだ」

「いや、まことにどうも」

「あのなあ、きみのところの化粧品は、一応人気商品なんだ。多くの人が買い求める。ということは、それだけ多くの事情があるということだ。きみの会社の中途半端な接客スタンス、そのほころびの皺寄せが、いま私の人生を突き崩そうとしているんだ。どう責任をとってくれる！」

「はあ。あの、ウチの化粧品で皺はとれますが、ヨリはどうかと……」

「馬鹿野郎！」

＊

「父さん何をオチをつけているんだい」

「あれは火に油だったなあ」

「で、その人はその後どうなったの」

「さあどうなんだろう？　いずれにせよ、悪いことはできんな。奥さんだって、旦那さんのためにきれいになろうとしたのかもしれないし、当分は怒りがおさまらないだろう」

「苦情言ってくる人の中には、クレーマーっている？」靖之が興味深そうに続けて尋ねてきた。

「そうだな。クレーマーかどうかはともかく、かなり無茶なことを言ってくる人はいるな」

「とことん拒否するわけ？」

「そこが難しいんだ。明らかに過大な要求なら断ればいい。でも、お客さんの感情やプライドに起因した苦情も多くてな。こういう場合はその人の気持ちを考えてあげる必要がある。お父さんたちはよく『おひらきにしてくれ』って言うんだが」

「『おひらき』って？」

「ほら、宴会なんかで『おひらきにしよう』って言うだろ。あれもそうだが、終わりにしようと言っても、クローズでなくオープン。お客さんと縁を切ってしまうような断り方でなく、これから関係を作っていけるような解決策を考えろってことだ」

「けっこう難しそうだね」

「いやだな、そんなめんどくさそうな調整。俺はそういう仕事やりたくないし！」黙って二人の会話を聞いていた次男の智之は、そう言うとさっさと自分に部屋に戻ってしまった。

「俺もそろそろ出かけないと」靖之も席を立った。

「おい、何だ、もう行くのか」

「あらあら、お父さん、せっかく苦労話を熱演しているのにね」笑いながら蓉子が同情の弁を述べる。

川田もやれやれと新聞を広げながら心の中で呟いた。（まあ、確かに。自分から行きたい部署ではないな。いやになって出社拒否するやつだっているし……あ〜俺だって、性に合わないよ）

その日、川田は馴染みの旅行代理店であるDTA社に行くことにしていた。

遂にカナダ旅行を実行に移すことを決めたのだ。

——昨年、次男の智之も大学に合格し、やっと二人の息子を大学に送り込むことができた。それに長い間家族を支えてきてくれた妻の労もねぎらいたい。今こそだ。

カナダ旅行の提案に、最初蓉子は「そんなお金がどこにあるのよ」と本気にしなかった。しかし、川田が「大きくなった息子二人と海外に行く機会などめったにない」と熱心に話をすると、最後は賛成してくれた。息子達も、まさかのカナダ旅行に歓声を上げた。

早速、そのことをメールでポールに伝えた。

すると、彼も喜んでくれて「是非我が家に泊まって欲しい、歓迎する」と返してきてくれたのだった。


DTA社、ドリーム・トラベル・エージェンシーは、川田の勤める会社の研修・慰安旅行などを引き受ける旅行代理店である。

川田はDTAと特別親密というわけではなかったが、出張や研修の企画でたびたび利用しているうちにどことなく居心地の良い場所になっていた。主担当である高橋というベテランスタッフはいろいろ便宜を図ってくれるし、高木という若い女性スタッフも明るく茶目っ気があり話をしていると楽しくなってくる。

「川田さん。お互いに老けましたね」

近頃、高橋は年齢からくる変化について話題にすることが多くなった。

「高橋さん、老けたと思えば思うほど、人間は老けてゆくんだよ。言葉にしちゃあ駄目だ」

「でもですよ、最初に会った時の頃を思い出してみてくださいよ。ぼくなんか、すっかり髪がなくなっちゃって」

「そういう風に考えるからいけない。赤ん坊の頃に若返ったと考えればいいんだよ」

「無茶なプラス思考だなあ。もっとも、そこが川田さんらしいけど」

高橋は川田より五つほど若かった。なぜかネガティブ思考に偏りがちであるため、川田は会うたびに一言はいじりたくなるのだった。きっと高橋のネガティブさは職業病なのだろう。旅行プランの策定という仕事は、多方面に気を配り、不測の事態も想定し対応を図れるよう神経を使う。そうしたことの繰り返しが影響しているのかもしれない。

とはいえ、仕事に関してはうまく進めてくれるし何の問題もない。カナダ旅行が持ち上がった時、川田の脳裏にすっと浮かび上がったのが高橋の顔だった。彼ならプライベート旅行でもいろいろ気を利かせてくれるはず。

その日、川田は特にアポイントメントを入れず、高橋に会いにふらりとDTAに立ち寄った。

「こんにちは、いつもお世話になっています」

入ってすぐ、誰とも宛てず挨拶した。すると窓口にあらわれたのは高橋でも高木でもなく、セミロングヘアの若い女性スタッフだった。

「いらっしゃいませ」

(この子は確か、いつもはカウンターの向こうでパソコンに向かっていて、たまにお茶をだしてくれる、名前は……)

「あのう、高橋さんは?」

「あいにくしばらく休暇を取っておりまして」

「そうですか。えっと、あなたは確か、き、北……」

「北山です」と彼女は笑顔で答えた。

「そうそう。北山さんだ」

(そうだ、確か去年、出張の時ビジネスホテルを予約してもらったことがあった)

「ええと、私は」

「川田貴久さんですよね。私、奥で事務をしていることが多いんですけど、いつもお姿は拝見しております」北山ははじけそうな笑みを浮かべた。

「いや、それはそれは」

川田の表情も彼女の笑顔につられて徐々に緩んでいった。しかし彼女はやや神妙な面持ちになり、

「高橋も高木もおりませんが、私でよろしいですか？」

川田は北山の予想外の問いに戸惑い、

「も、もちろんＯＫですよ。それに……」

「それに？」

川田は特に理由も考えずに言ってしまった『それに』について、

「いや、その、たまにはいつもと違う人っていうのもいいかなと」

と、やや焦った口調で答えた。

北山は先程と打って変わり快活な声で、

「そうですか、それなら私にお任せください。私、旅行業の資格を」

「持ってるんですか？」

「いえ。取ろうと思って勉強中です。旅行業務取扱管理者を目指して」

「はあ」

「トラベルコーディネーターになって、世界中を案内できるようになりたいと思っています」

「世界中を」

「はい。それで川田さんはカナダですよね」

「えっ、なぜそれを？」

と言いつつ、川田は自分がカナダ旅行のガイドブックを手にしたままであることに気がついた。

「カナダは私も以前行きました。とってもきれいですよ」

「ほお、そうなんですか……。いや、実は、家族四人で七月下旬に、主にバンフへ行きたいと思って。適当なパンフありますか」

「そうですね、いくつかありますので一度ご覧ください。夏休み、カナダは人気があるので、できるだけ早めに検討された方がいいと思います」

「あ、そう。いつごろまでなら？」

「人気のコースですと、五月中には売り切れになるものもあります」

「五月中ね。じゃあ早速持ち帰って具体的なプランを家で検討してみるよ」

川田は何冊もパンフレットをもらい帰宅した。


一週間ほどしてから、川田は再びＤＴＡを訪れた。

「こんにちは」

「川田さん、こんにちは。プラン検討されました？」北山が笑顔で問いかけた。

「うん、この間もらったパンフでね、いいのがあったんだ」

北山と打ち合わせをしていると、高木がいつものように明るい調子で、

「こんにちは川田さん。あれっ、今日は珍しく高橋さんじゃなくって北山さんなんですね」

「ははは、たまにはね」

川田がそう言うか言わないうちに、奥から高橋が顔を出した。

「川田さん冷たいじゃないですか。私にだまって海外へ行こうなんて」

「いやあ、高橋さんがサボっているからだよ」

「ええっ？　サボってなんかいませんよ。一生懸命仕事していますよ」

口を尖らせる高橋を見て、高木と北山は思わず顔を見合わせて笑った。

「高橋さん、北山さんに川田さんを取られてヤキモチやいているんですよ」

そんな高木の突っ込みに、高橋は動揺した様子で、

「ジョ、冗談じゃないですよ。ヤキモチなんか妬いていませんよ」顔を赤くして否定した。

「私もそんな趣味ないけど」川田もサラリとひと言添える。

高橋はすっかりすねた様子で、

「もう川田さんまで……いいですよ、今回は北山さんに任せますけど、次回は私が懇切丁寧にお世話させていただきますからね」

そう言うや、また奥の部屋に引っ込んでしまった。

「ああなんていじりがいのある御仁だろう」

川田の一言に、高木と北山は思わず吹き出した。


それから数日が経過したある日曜日のこと。川田はその日もＤＴＡに行く予定があり、自室で着替えようとしていた。最近は高木や北山といった若い女性スタッフと話す機会が増え、久しぶりに英会話も練習し始めたせいか、気持ちは五歳、いや十歳ぐらい若くなっていた。

川田が寝室のクローゼットをガバリと開くと、中から防虫剤の香りが鼻をついた。

ライトブルーのシャツにデニムか、あるいはインナーを黒にして白をひっかけるか。しかしあのデニム、もう太腿が入らなかったような気がする……。鏡の前に立ち、ハンガーに掛かった服を胸に当てがっては次々取り替えてみる。

「あら？　あなた、まだ行ってなかったの？」

鏡に映る川田の背後に、妻が呆れた顔を覗かせた。

「いや、だって」川田は言い訳がましく妻を振り返った。「どこで誰に会うか分からないじゃないか」

「何言ってるのよ。一緒に買い物に行ったたって、いつも同じような格好してるじゃないの」

「今時は、オジさんたちもファッションセンスを磨かないと。流行ってるだろ、チョイ悪とかさ」

「チョイ悪？　それ、もうちょっと古いんじゃない。それにあなた、どんな格好したって大差ないし」

「ええっ、でも僕のファンがどこかで見ているかもしれないし」

「ファン？　だれの？　あなたの？」

「なんだよ、その『ありえない』という響きは」

「ふふふ、ひょっとしたらいるかもね……」

蓉子は鼻で軽く笑い、夫の背後を立ち去った。その後すぐ、部屋の外から蓉子が、

「ヤスー、トモー。おとうさんねー、ファンがいるかもしれないんだってえ」

笑いまじりに話す声が聞こえてきた。


ＤＴＡでの打合せは順調に進んでいった。日程や航空会社を決めたり、オプショナルコースの説明を聞いて資料をコピーしてもらったり。北山がいない時は、同僚の高木も気持ちよく応対してくれた。五月の連休明け頃には飛行機やホテルも決め、川田の気持ちはウキウキしていた。

＊

ある日の会社での事、若手の佐藤がクレームの電話応対を終え、川田に話しかけてきた。

「川田さん、もうやってられないっすよ」

「おう、長かったなあ」

「一時間と十五分ですよ！　しかも、おんなじ話を五回も六回も」

「まあ、そういう人はくどくど話すんだよな」

「俺、もう切れる寸前でしたよ。そりゃあ確かに、販売員の対応が悪いんですけどね。でも、あんな言い方はないいな」

「そんなにひどかったのか？」

「たぶん五十代ぐらいの女性だと思うんですけど、『どうなってるの！　あんな販売員クビにしてちょうだい！　クビに！』の連発ですよ。連絡ミスや態度に問題はあっても、あんなんでクビだったら、首が七つぐらい要りますよ」

「最近は、『一＋一＝二』という理屈は合っているんだけど、それを十ぐらいに主張する人が結構多いいな」

「あ～あ、俺もう異動させてほしいですよ」

「おい、佐藤君はまだここへ来て一年ぐらいだろ」

「そうですね。えっと……来月でちょうど一年です。そういえば川田さん、長いっすねえ」

「うん、もう八年目だ」

「うわぁ、信じられない。よく我慢できますね」

「俺だって、好きで居座っているわけじゃない」

「ですよね。川田さん、今夜飲みに行きましょうよ」

「おう、そうだな」


その夜、少し早めに仕事をきりあげた二人は、駅前の居酒屋で焼き鳥を肴に生ビールを飲んでいた。最近のひどい苦情や会社への不満話が一通り終わると、話題はアフター五の気分転換に移っていった。

「川田さん、ギャンブル好きですか？」

「ギャンブルか。パチンコはどうも騒々しいからあまりやらないが、麻雀は嫌いではないな。競馬も、運試しに年二回ぐらいはやるかな」

「そういえば、麻雀、先月一緒にやりましたね。来週またやりませんか」

「よしやるか」

きっぷよく同意したものの、川田は前回の一戦を思い出していた。あの悔しい一人負けを。

――「リーチ一発ツモ、はいマンガン！」会心の笑みを見せて叫んだ数秒後、佐藤が一言、

「川田さん、それフリテンですよ。はい、チョンボ。マンガン払いです！」

それからは泣かず飛ばずで、振り込むわ振り込むわ。

（大体どうしてそんな一瞬でフリテンって分かるんだよ）とぼやいた。

もっとも、フリテンは「川田さんの得意技」とありがたくない定評を得ているのであるが……――。


来週と言わず、今からでもやりたいような気分になってきた川田に、佐藤がいきなり、

「川田さんって、エッチな店に飲みに行くことありますか？」

（おいおい、今度はお色気の方か）

一瞬答えに窮したが、少々クールを装い、

「あ、ああ。たまには付き合いでな」

「キャバクラですか？」

「まあ、いろいろだ」

「いいなあ。ねえ、今度行きましょうよ！」

佐藤は酒の勢いもあって、少々目がぎらついていた。

「そうだな。しかし、そういう店こそスマートにいかんとな」

と言いながら、川田は以前、同僚三人と行った怪しげな店のことを思い出した。

――同僚たちは、ミニスカートの若い子たちとよろしくやっている。こういう時は自分も、のは

ずが、店で一番強烈なお姉さんにつかまり「オジサンこっち向いてヨ。可愛い！」と無理やりおでこにキスされた上、長らく解放されず、何でこうなるんだと、思わず天を仰いだあの夜のこと——。

（いかん、いかん。仕事以外でも上手くいかんことが多い。なんだか、だんだん気持ちが暗くなるような……あれ？）

確かに目の前が暗くなる。川田は訝しく思った。しかしそれは憂鬱がそうさせるのではなく、募った眠気が川田の瞼を重たくしているだけであった。

結局、川田はテーブルでいびきをかきはじめた。

「川田さん、しっかりしてくださいよ……もう弱いんだから」

＊

苦情処理に上司からのお小言——川田の日常はストレスのたまることも多かったが、そんな中でカナダ行きは心を明るくしてくれる数少ないトピックであった。

ところが、五月末の日曜日のこと。

自宅のリビングでコーヒーを飲んでいた川田の下に、靖之がやってきた。靖之は申し訳なさそうに眉を八の字にし、慌てた調子で言った。

「父さん、ごめん、学期末試験の予定が今年少し変わって、七月下旬にあるんだ。一部旅行と重なっちゃうんだけど」

「おいおい、せっかく日程調整できたのに。試験の一つや二つなんとかならないのか」

「あなた！　何言ってるの。留年にでもなったらどうするの」

リビングの扉の陰から蓉子が顔を出して睨んだ。

「た、確かに母さんの言うとおりだ……学業第一だ」

「そういえば俺も。サークルの合宿が七月二十日から一週間あるんだってさ」今度は智之が言った。

「なんだって？　そういう話はもっと早く……」

川田は頭をかきながら思った。

（正直言うと、そういう自分も、その頃大事な出張を命じられそうな雲行きだし……こりゃあ、ダメかな）

早速、緊急家族会議を催す。互いの予定を述べ合った結果、皆のスケジュールが合うのは八月初めのあたりしかないという結論に達した。

（うわあ、混みそうな時期だ！　こりゃあ急がないと）

川田は、慌ててＤＴＡに向かった。

「――というわけで、八月初めの土曜日に出発、カナダで五泊して木曜の午後から日本に帰ってくる日程に変更せざるをえなくなって」

「そうですか」北山がカレンダーを見ながら尋ねた。「夏休みのピークシーズンなので、今からですと、飛行機のお席が四つそろうかどうか微妙ですね。一度トライしてみます。前回決めたコースがご希望ですよね？」

「エッと、それがダメならこっちのＫ社のコースでもいいよ。同じような内容だから」

「分かりました。早速何社かあたってみます」

「お願い、どうか頼みます」川田はすがるような気持ちで手を合わせ、北山を拝んだ。

「もし獲得に成功したら、きっと何か素敵なお土産もってくるよ。クッキーとかじゃあありふれているから……そうだ、カナダの宝石レイク・ルイーズの水なんてどう？」

「えっ、レイク・ルイーズですか？」北山の目が一瞬丸くなった。

「素敵ですね。期待しています。ご連絡先は、会社の電話かメールでよろしいですか」

「それでＯＫ。念のため私の携帯もここにメモするね。明日の昼また来るよ」

とりあえず、この日は希望だけを伝え、ＤＴＡを後にした。北山さんならきっとうまくやってくれることを信じてはいるが、せっかくあれこれ悩みぬいて決めたコースがおじゃんになったらどうしようかと、川田は気が気ではなかった。

翌日の昼休み、川田は再びDTAを訪れた。

自動ドアが開くと同時に、北山が笑顔で駆け寄ってきた。

「川田さん、取れました！　よかったですね、ギリギリセーフです」

「いやあ、ありがとう。恩に着るよ。ああ、よかった」

川田は胸をなでおろした。

二人はテーブルについた。北山は早速数枚のペーパーを机上に並べた。

「これが日程表です。確認させていただきますと、J社カナダAコースで、八月二日土曜日成田発で八月八日金曜日成田着、カナダで五泊の七日間になります」

「いいですね。土日で疲れもとれてばっちりですね」

後からやってきた高木も嬉しそうに話しかけてくれる。ところが、日程表を眺めていた川田は、ふとあることに気付き、顔を曇らせた。

「カナダで五泊して帰ってくると……あれ、前もそう思いつつ確認しなかったんだけど……木曜日の午後カナダを出ると、機内で日付変更線で日にちが変わって、往復で三日ロスがあって、えっと成田に着くと土曜日では？」

北山と高木は顔を見合わせた。北山が思わず、

「それって、五泊八日ということですか!?」

「そんなの聞いたことないですよ」高木が丸い目を更に丸くしてクスクス笑った。

「エッ、どうして？　時差と日付変更線でその……」

「川田さん、その日付変更線で、行きに得しているんで、トータルすると五泊で七日。金曜日には成田に戻ってこられるんですよ」

「………」川田はすっかり固まってしまった。

「どうかされました？」北山が川田の顔を覗き込んだ。

「あの……怒らない？　いやきっと怒る」

「え？　別に怒りませんよ。なんですか」

川田は思わず咳払いし、か細い声で言った。

「実はその、家族には土曜日に日本に着くと言ってあって……その、あと一日カナダにいるようにするというのは、いまさら変更が利くのか……」

「一日カナダに延泊ということですね」

「あの、やっぱり怒った？」川田の脇から汗がどっと出た。

「いえ、怒りませんよ。でもビックリです、五泊八日だなんて。トライしてみますので、後で連絡させてもらっていいですか」北山が微笑んだ。

「お願いします」

川田は首をすくめ、先生に叱られた小学生の如く小さくなっていた。


その日の夜七時頃、川田の携帯に北山から電話がかかった。

「川田さんですか。オフィスもう出られたということでしたので、携帯にかけさせてもらいました。川田さん、運がいいですよ。ホテル延泊と飛行機の手配とれましたよ」

「本当。ありがとう！　やったぁ〜！」

「日頃の行いがいいんですよ、きっと。でも変更はこれで最後ですからね」

「わかっております。最後です」

電話の向こうから北山の笑い声が聞こえた。

第三章　ディレクター

春が終わり、からっとした日差しが心地よい梅雨前の六月のある日。

「川田さん。八木部長がお呼びです」

「部長が？」

（まずい、何かやったかかな？　嫌な予感が……しかし、今日は「大安」のはずだが）

川田は首をひねりながら八木部長の席に向かった。

「部長、何かありましたでしょうか？」

「話は別室でだ」八木部長はにこりともせずに、席を立った。

（別室か。こりゃあ、相当にヤバイな）

『何かしでかしたのでは』と言わんばかりの周囲の好奇の視線が痛い……。川田はそれを掻い潜るようにして、そそくさと後について行った。

辿り着いたのは廊下の奥の小会議室。二人が部屋に入り、後に従う川田が後ろ手で扉を閉めると、目の前の八木部長が回れ右して川田を見た。

「川田」

「ハ、ハイ」

「おめでとう。課長への昇格が決まった」

「ハイっ？　か、課長ですか？」

「そうだ、まだ内示の段階だがな。これは通常ルートの昇格ではなく、長年コツコツと実績を上げたベテランに報いるために設けられた制度でな。他のベテランたちに刺激を与える意味もある。当部ではワシが君を推薦した」

「あ、ありがとうございます……」

思いがけない八木部長の言葉に、戸惑いと喜びが入り混じって、まともな言葉が出てこない。

実際、川田の勤めるこの会社で、大卒で五十歳を過ぎてからの課長昇格など、まずもって例がなかった。昇格の選別は三十代終わりから四十代半ばまでには終了し、昇格に漏れた者は残念ながら会社の片隅で細々と暮すか、関連会社へ出向させられる者が多かった。

川田の場合、ずっと出世争いからは取り残されたが、腐らずに販売店の教育や苦情処理といった業務を地道に続けてきた。その結果、目立たぬとはいえ、彼の存在は今や人事構成上重要な要員となっていた（この事実に最も驚いたのは、皮肉にも会社自身であった）。

とにもかくにも、彼は偶然の積み重なりと周囲の声に支えられ、昇格の運びとなったのである。

その日、川田は早々と帰宅の途についた。手にはケーキの箱とスパークリングワインの入った袋を携えていた。

「ただいま。はい、これ、ちょっとお祝い」

玄関まで出てきた蓉子は、不思議そうな表情で夫の顔をうかがった。

「おかえりなさい。突然、何の祝い？」

「いや、その、会社で少し偉くなった。いや偉くなれる見込みだ」

「課長になるの？」

「まあ、そういうことだ。定期昇級じゃなくって、その特別というか臨時というか……。つまり頑張ったベテランに光が差したというか……」

「エッ？　やったじゃないの。ちょっと、靖之、智之、お祝いよ！」

普段は冷静な蓉子があわただしく声を上げ、リビング兼食堂に駆け込んだ。そこにいた息子たちは、怪訝な顔で蓉子を眺めた。川田もすぐ部屋に入ってきた。

「おかえり、父さん。今日は早いね。何かあったの？」靖之が尋ねた。

「お父さんが課長に昇進するのよ」

「おおっ、偉くなるんだ」

「小遣いアップか、有難うございあ〜す！」普段あまり家族の会話には乗ってこない智之が、間髪いれず声を入れた。

「気の早いやつだ。ま、いいか」川田は呆れながらも嬉しそうに答えた。

「とにかく、乾杯しましょう！」

思いがけないニュースに、川田家のリビングは喜びと笑い声に包まれた。

食事が終わると、ソファーに横たわり気持ちよさそうに鼾をかいて眠っている川田の姿があった。その表情はどこか心地よさそうであった。

「長かったわね、ここまで」

蓉子は、以前川田が寝言で「なんでだよ」と悔しがったり、「あーあー」と嘆いていたことを思い出した。

蓉子はよく知っている。夫・貴久の会社員としての歴史が、お世辞にも順風ではなかったことを。

同期入社に遅れをとりながらも、それなりに頑張っていた川田であったが、昇格試験の戦績は芳しくなかった。初めての課長昇格試験後の時は、当時の上司から
「川田君、今回の昇格試験。惜しかったんだが、論文がもうちょっとでね……」と告げられた。

二年後の二回目には、

「川田君、今回の昇格試験。論文はよくなったんだが、面接がもうちょっとでね……」

そして、おそらく最後であろうと思われた三年後の昇格試験では、

「川田君、昇格の件なんだが。全体には合格の水準なんだが、どうも何というか、本部長との相性がちょっとよくないみたいでね……次はきっと大丈夫だろうから……」

「あ、相性？　ですか」

川田は深いため息をつくと、思わずその場に座り込んでしまった――。

蓉子は、無邪気に寝ている川田を見て微笑み、呟いた。

「おめでとう。こんなに遠回りで、あなたらしいわ」

＊

七月も下旬に入り、蝉の声が段々と騒々しくなる中、川田はカナダ行きの最後の準備と仕事の整理に追われていた。そんなある月曜日の午後
「川田課長、八木部長がお呼びです」

「部長が？」

（なんだろう。今日は、「先勝ち」だし、午後からの運勢は……）川田は、いろいろ想像をめぐらしてみた。（そうそういいことも続かないよな。それどころか、この前だって、相変わらず苦情が多いと怒られたばかりだし、また社長宛の手紙かな）

そうこう思いを巡らすうちに、部長のデスクの前。

「何かありましたでしょうか」

「川田君、君にビデオを作ってもらう」

「は？」川田はキョトンとした。「ビデオ？　いったい何のビデオでしょうか？」

「販売員の教育用だ。チェックリストや教育マニュアルだけに頼っていても、サービスレベルは向上せん。販売員の意識を高めて、当社のイメージアップにもつながるようなやつを」

「私が、監督やるんですか？」

「監督？　君がやったらどうなるんだ」

「名作はとても」

「……とにかくこれを読みたまえ」八木部長は、川田の胸元に資料を押し付けた。

「いいか、販売員に商品知識や接客マナーだけでなく、わが社のコンセプトをよく理解してもらうんだ。わが社は、単に化粧品を販売しているだけではない。化粧品というものを日常用品としか考えないような貧相な発想ではわが社の発展はないし、それがそもそも苦情にもつながってしまう。

いいか、我々は、美を創造しているんだ。化粧品という身近な品を使って、物理的な美しさとともに心の潤いを人々に提供しているんだ。分かるな。その補助教材としてビデオが必要なのだ」

「いや、しかし、その……」

八木部長のいつにない熱い語り口に気圧され気味の川田は、動揺を隠せない。

確かに……川田は映画が大好きだった。新作でも、会社の若い社員と対等に話ができるくらいの自信はあった。しかし、映像そのものを作るとなると……。

「こういう仕事はやりつけなくて」

「馬鹿モン！」八木部長が一喝した。

「やりつけるも何も、こういう類のビデオは、今まで作ったことがない。初めてのケースだ。それに、お前も課長になったんだ。これくらいの仕事をこなせないでどうする。だからやるんだ、いいな、川田課長！」

八木部長の言い放った「課長」の二文字。それが川田の腹の底にドスン、ドスンと響いた。川田は改めて部長から手渡された資料を見た。重要なところには既に黄色のマーカーが施されていた。
●販売員のほとんどが女性であり、女性物の商品を扱うため、監督は女性を起用すること。
●主演する女性は新鮮味を出すため、新人女優もしくはそれに準ずる者を起用すること。
そしてその下に、これまで会社のテレビＣＭの制作を担当しているプロダクションの電話番号が書かれていた。

（なーんだ）川田はほっと胸を撫で下ろした。（俺が監督しなくてもいいのか）

川田は自分のデスクに戻ると、受話器を取り、そのプロダクションに電話をかけた。通話は受付係を経て佐々木という男性の担当者に代わった。

「――というわけで、女性の監督でなければならないんですが」

「それは困りました。うち、女性ディレクターがいないんですよ」

川田はおっかなびっくり尋ねた。

「その、ディレクター、というのが監督のことですか」

「そうです」佐々木の声は、川田の動揺を察し、分かりやすいようにゆっくり丁寧に語り始めた。「映画の世界では監督とよく言いますけど、テレビCMやプロモーション素材の映像制作の世界ではディレクターと呼ぶことが一般的です。長い下積みの時代がありまして、そのほとんどが肉体労働。勤務時間も不規則で、だからどうしても男性ばかりの業界になってしまうんです」

「弱ったなあ」川田の語尾が微かに震えた。

「ウチに所属しているのは男ばかりですけれど、フリーのディレクターという筋がありますから、とりあえず探してみます。もしかしたら、いるかもしれない」

「是非、お、お願いします」川田は電話口で大きく頭を下げた。「私にとって、これは重大任務なんです。絶対に、ぜつ・たい・に、しくじりたくないんです」

「は、はあ」電話の先は、困惑にあふれた「は」の音で応えた。

「女性ディレクターが見つかったら、すぐに連絡を下さいね」

「川田さん、言っておきますがね、もしかしたらいるかもしれないという予測ですからね。念を押しますよ。『もしかしたら』ですよ。連絡は必ずいたしますが、女性ディレクターがいるかどうかは保証できませんからね」

そう言って電話は終わった。だがプロダクションの要領が良かったのか、三十分も経たずに川田のもとに連絡がきた。といっても、川田にはその三十分ですら何時間にも思われた。

「川田さん、ラッキーですよ」担当の声には力がみなぎっていた。「実はですね、日本はおろか海外からもオファーが来るような女性ディレクターが、ちょうど今こっちに来ていましてね、その人が『やってもいい』ということで、仮押さえしていますが」

「ほんとですか！」川田は思わず椅子を蹴って立ち上がった。

川田の声がフロア内に響きわたり、周囲は一斉に彼を見つめた。川田は直ちに椅子を引き寄せ、体を小さくしておずおずと座り直し、ぐっと小声で尋ねた。

「でも、そんな人なら、さぞかしお金がかかるでしょうね？」

「いやいや、ご予算の範囲で頑張らせていただきます。彼女は仕事が好きでやるタイプなので、案外いけると思います」

「そうだといいんですが」

「明日お時間いただけますか？　よろしければそちらにお連れしてご紹介しましょう。こういうのは会って話をするのが一番かと」

面会は翌日の午後ということになった。今日プロジェクトを知り次の日には監督と顔合わせというのは、物事がトントンと進んでいるようで幸先がいい。やや冷静さを取り戻した川田はほっとした。とは言え、不安がないわけではない。何しろこっちは映像の制作なぞズブの素人。何がよくて何が悪いか判断する基準も自信もない。それに、その女監督がどんな人物かも分からない。そもそもディレクターという類の生き物にこれまで会ったことがない。奇抜な価値観や常識はずれな人間だったらどうしよう。ひょっとしたらものすごく傲慢な性格かもしれない。不安の種はどんどん増殖してゆくのだった。

時間の経過感覚は人の心理状態によって変わるのであろうが、翌日午後の面会までの時間は川田にとって重々しく長いものであった。


「あの、川田、課長」

まだ言い慣れなさを隠しきれない女子社員が川田に声をかけた。

「映像プロダクションの方がおいでになりました」

「そ、そうか」最初の「そ」が甲高く裏返り、取り次いだ女子社員は噴き出しそうになる口元を慌てて手で隠した。

「何人お越しになった？」川田は彼女のその素振りから目をそらしつつ尋ねた。

「担当の佐々木さんとカトウさんというディレクターのお二人です」

「カ、カトウ、さんね」

川田は名刺入れを内ポケットに差し込み応接用の会議室に向かった。会議室の前でフウッと深呼吸をしてからノックをし、部屋の中に足を踏み入れた。

「あっ！　やっぱり川田だ！」

突然、部屋の奥から声がした。女性にしてはやや低く太めの声だった。

川田の目の前には男女二人の姿があった。男性の方は三〇代後半位でごく普通のスーツ姿。川田を見てすっと立ち上がり、愛想の良い笑顔を浮かべた。

問題はもう一人の方だ。いきなり「やっぱり」呼ばわりを仕掛けてくるその中年女性のインパクトといったら、川田の記憶を紐解いても過去に例はない。

そもそも見た目からして違う。小柄で小太り、紫色の髪はグリスで固められ頭のてっぺんで三角に尖っている。化粧っ気のない顔の上に、どんぐり眼をますます強調させる赤縁眼鏡が乗っかっている。赤いジャケットはまさに原色！の色彩で、妙にポケットがいっぱいついている。

彼女は目をパッチリと見開き、川田をじっと見据えていた。

「ええと……」川田はその気迫に窮した。（どこかでお会いしたことが？　それにしても、会っていきなり呼び捨てとは一体どういう……）

「何？　アタシのこと、忘れたの？」女は眉間に深い皺を寄せ、身体ごと川田に詰め寄った。

「あ、あの、ハハ」川田は顔をひきつらせ、彼女から逃げるように上体を後にそらし気味にした。

「……どちら様でしたっけ」

「うわっ、最悪」女は蔑んだ目で顔をそむけ、悔しげに口元を歪めた。そして太い腕を胸の前に厳めしく組み、フンッと鼻息を一つつくと、

「あのさあ、加藤美代子って名前に記憶はないの？　地元の高校で一年から三年まで同じクラス。三年最後の期末試験でお互い赤点をとって数学教師の通称ハゲ不動に残されたじゃない。そして二人で一緒に放課後逃げ出した、あの加藤美代子を、よもや忘れたとは言わせないよ」

「あ、あーっ」

「もっとも、アンタは鈍臭くてハゲ不動に捕まったんだけどね」

「すっかり思い出したよ」川田は胸元で手のひらをパンと打ち鳴らした。

「うわー久しぶり、加藤かあ……」

川田は加藤の周りをぐるぐる回り、興奮したまま「加藤かあ、加藤かあ」と幾度も繰り返した。

その輪の中で加藤はとりあえず気の済むまでやらせておくかと、苦笑いしながらそのまま突っ立

っていた。

川田の頭の中に、芋づる式に高校時代の記憶が蘇ってきた。

(かなり太ったけど、確かに加藤だ。また派手なジャケットだな。エスニック？　オリエンタル？　もっとも、高校の頃は制服だったから、元々こういう趣味だったのかもしれんな。加藤が世界を股にかけるディレクター？　確かに写真部と美術部を掛け持ちしていたしなあ。しっかし、相変わらずおっかないオーラが出ている)

「いやあ、川田さんと加藤さんがお知り合いとは……世の中狭いもんですねえ」

二人の突然の掛け合いに、唖然としていた佐々木が思わずコメントした。

「それなら、話は早いですね。ただ、ちょっとコワイところがありますけど……川田さんならご存じですよね」

「よけいなコト言わなくていいのよ」

「イデッ」

言葉より、右足のつま先が佐々木の膝にめり込む方が早かった。

三十年以上、会うどころか、ほとんど互いを思い出すこともなかった二人は、先に佐々木を帰し、応接室のソファに向かい合って座り、仕事の話はそっちのけで延々昔話をした。

「加藤が映像監督で、しかも外国人まで相手にやっているなんて、本当に驚いたなあ」

「あら、そう？」

加藤は後から出された茶をすすりながら、

「むしろアタシが貴さんみたいに普通のサラリーマンをしていたら驚きじゃない」

「まあ確かに」川田は大きく頷いた。

「でも、本当に加藤が来てくれて嬉しいよ。安心して仕事を任せられる」

「まさか三十年経ってまた貴さんの手助けをすることになるとは、思ってもみなかったわ。アンタには昔から、教科書貸したり、昼食のパン代貸したり、ラブレター代筆したり、ほんといろいろやらされてきたけど、今回のほうが幾分楽な気がするわ」

「そうか？」川田は目を丸くした。「予算も厳しいし大変だと思うけど」

「アタシは、教科書貸しやラブレター代筆は専門じゃないけど、映像制作はプロよ。確かに予算のやりくりは必要だけど、厳しい時のほうが燃える時だってあるわ」

「へえ、そういうものなのか」

「そのかわり」加藤の目がきっと川田の瞳を見据えた。「全面的にアタシの言う通りにしなさいよ」

「きょ、協力はするよ。だけど、会社にも方針が」

「そんなこと分かってるわ。今まで何百社相手にしてきたと思っているのよ？　会社がいろいろ言うのは構わないさ。ただ貴さんは、アタシの好きなようにさせる環境を作ってくれればいいのよ」

「つまり、俺はしかられ役ってことか？」

「上手くいけば、褒められ役ってことね」

加藤の仕事ぶりは川田の想像を絶するものだった。再会した二日後には、川田のもとに映像の構成案とスケジュール、簡単な予算組みのまとめられた企画書が届いた。雑談程度の説明と手渡した会社案内や製品紹介パンフレットから、厚さ一センチほどの冊子ができあがってきたのである。川田は手に取ったその重みだけで目眩がするほどだった。

持ってきたプロダクションの男性に、川田が「加藤さんは」と尋ねると、「今日は、このお持ちした件の撮影のロケハンに回っています」との事だった。そうして二人で話をしている最中にも、担当者の携帯電話にひっきりなしに加藤から電話がかかってきた。川田に詳しい内容は分からなかったが、漏れ聞こえる声からは、レール付クレーンはあるのか、広角レンズでいちばん最短は何ミリが用意できるかといったことのやりとりだったようだ。

また、その担当者のへりくだりぶりが凄まじい。まるで国会議員と話をしているかのような緊張の仕方で、いちいち電話口で頭を下げるほどだった。それを見ていた川田は、やはり加藤はとんでもなく偉大なディレクターで、自分が今までそれを知らなかっただけかもしれないという気がしてきた。

担当者が帰ってから三十分もしないうちに、加藤から電話が来た。

「企画書、届いた？」

「うん。プロダクションの人が簡単に説明をしてくれた」

「どうだった？」

「ああ『凄い』なあ。驚いた」

「貴さんの感想はどうでもいいのよ。会社としてどうなのかってことよ」

「たった今受け取ったばかりで、まだ部長には提出していないよ」

「遅い！」加藤はピシャリと言った。「昨日アンタから預かった制作指示書のスケジュールを読み直して驚いたわ。納品まであと二ヶ月しかないじゃない」

「映像制作ってそんなに時間かかるのか」

「何も分かっちゃいないのね。コマーシャルじゃあるまいし。この手のビデオが一番時間かかるのよ。すぐにでもカメラを回したい気分よ。とにかく、まず脚本を作って、女優も決めないと」

加藤は少しいらだった様子であったが、そのあと独り言のようにつぶやいた。

「予算も予算だけど、こういう美のコンセプトを表現するような内容だと新人にはちょっと難しいわね……」

「えっ？」と川田が疑問を呈する間もなく今度は加藤が質問してきた。

「来週中に企画をつめて、再来週からは本格稼働ね。女優も決めないと。貴さんと八木部長のスケジュールは？」

「さ、再来週か」

「どうしたのよ」

「いや、実は……」

「何？」

「あの、その、再来週は、人生最大の家族サービスで……」

「家族サービス？」

「実は一家でカナダへ旅行なんだ。半年前から計画していて」

「全く呑気ね……」加藤はしばらく黙り込んでいたが、やがて「ふん、そんなに前から決めていたなら、旅行へは行けばいいわ。そのかわり、とにかく企画のゴーサインを早急にもらって。アンタが帰ったらすぐ詳細決めて、女優のオーディションやって、次の週にはカメラ回すからね。あんたがカナダでもどこでも行っている間に、少しでもロケの準備を整えられるようにお膳立てしといてよ。早急に手配して！」

そう言って、加藤は一方的に電話を切った。

それからの一週間は、川田にとって目の回るような日々だった。

度重なる加藤とのミーティング、撮影の日取り、予算組み、屋外撮影の使用許可取得準備などなど。その間いちいち八木部長に報告や決裁を仰がねばならない。川田にとって慣れない仕事が一気に押し寄せ、休日も返上の作業であったが、何故だかそれほど苦しいとは思わなかった。加藤という頼もしい映像ディレクターの与える安堵感と、カナダへの期待感があったからだろう。


「ああ、やっとこれでカナダに行ける」

「とんでもない時期に、大層な予定をいれていたものね。まあ、ここまで抑えておけば大丈夫よ」

「ありがとう。土産買ってくるよ」

「いいわよ、カナダなんてロケで散々行ったわ。ところでさ」

「何？」

「今でもまだ高校時代の同級生と付き合いあるの？」

「まあ……数名ぐらいは」

「それで十分。久しぶりに皆と会いたいわ。連絡とれない？」

「とれないことはないと思うけど」

「じゃあとってよ。明日の夜集合よ」

「明日？　急すぎるだろ？」

「なに言ってんのよ。本当は今夜でも集まりたいところなのに、遅いぐらいだわ」

「わ、分かったよ。何人か連絡してみるよ」

*

うる、うる、と。

はら、はら、と。

夜の街のネオンが瞬いている。

光の一粒一粒はかげろうのように儚く、人見知りでもすると虚ろになるが、その光が集い歌うように鼓動をそろえれば、然として光の世界を紡ぎあげる。

加藤の勢いに押され、翌日の夜、川田、加藤、そして連絡のついた二人の男、森田と鈴木（森田とは時々会うが鈴木とはせいぜい年賀状のやりとりがある程度だった）の四人がとある小さな居酒屋に急遽集合となった。小さいながらなんとか同窓会の呈を成したというところである。

四人は居酒屋のテーブルを仲良く囲み再会を喜んだ。

「川田から急に電話があって、何かと思ったら、加藤が来たっていうんで『まさか』と思ったね。

あの懐かしき女閻魔に会えるって」森田はでっぷりとした腹を揺すり、愛嬌ある目をぱちくりさせ、しわがれた声で驚きを伝えた。

「何よその、女閻魔って？」相変わらずの三角髪で、赤縁眼鏡の向こうにややきつい目を尖らせた加藤が森田をにらんだ。

「いや、あれ……加藤知らなかったか？　当時男子の間では、密かにそう呼ばれていたって……」森田の声が急に小さくなる。

「なんで密かな事を本人の前で言うのさ。相変わらずデリカシーのかけらもない男だね」

「ははは、デリカシーはよかったな」

「貴さん、それどういう意味よ。森田君さあ、アンタ、高校の時もでっぷりしてたけど、どうやったらそんなに体積だけ成長・肥大できるのか聞きたいわ」

「馬鹿言え。俺はこの何十年か、零細企業を背負って、身を切り刻まれるような日々を過ごしているんだ。見かけで人を判断してくれるな。その点、川田は大企業のサラリーマンで羨ましい」

「俺が羨ましい？　何言ってるんだ。上から叱責され下から文句言われ、悲しい中間管理者だよ。それに比べれば、切れ味鋭いディレクターとして、日本いや世界を相手に活躍する加藤が一番羨ましいね」

「ふん、この業界は生易しくないのよ。特に後ろ盾のない私のような身分だと、不安定このうえなし。見かけは華やかそうだけどさ……」加藤は、残ったジョッキのビールを飲み干した。「それにさ、貴さんには家族があるわ。わたしは自分の好きなことをやるかわりに、結婚生活をおジャンにした。やっぱり家族が一番よ」

「たしかに。家族の笑顔に、勝る幸福は、ないかも」

川田は赤らんだ顔を緩ませ、一言ずつ言葉を区切るように言った。それは、今の楽しい時間をじっくり味わうために泰然と構えているようでもあった。

「いやあ、俺も嫁さんがいたから今まで何とかやってこれた気がするな」

森田が川田に同調して言った。

「それはそうね」加藤は妙に納得した様子で森田の顔を見た。「しかし森田君ほど結婚に向いてない人もいないと思っていたけど、うまいこと騙せたもんだね。そういう意味では、とりあえず『社長』でよかったじゃん」

「うるさいな！　お前もディレクターなんだから他人のことより、自分のＰＲに力を入れろよ。美代が独身だという方が驚き、モモの木だ」

「言ったね、こいつ。誰がすき好んでバツイチなんかになるもんか」加藤はそう言って森田の耳をつねった。

「いててっ、離せ」

「あーあ。男なんて、見栄と口先ばかりで安っぽい喜劇役者よ。もううんざりだわ」

三人のやりとりを、川田の隣に座る男が微笑を浮かべて見つめていた。男は鈴木といい、この四人の中で唯一痩せぎすで、頬はこけ、顔色は青白くどことなく気だるげだった。しかし目は凛と光を保ち、ともすると、その男の内面に盛る熱をのぞかせる窓のようだった。鈴木はゆっくりと、しかし芯のある声で「みんな変わらないな」と呟いた。

「おおっ鈴木」森田は耳をつねる加藤の手から逃れ、

「我らが母校で最強にして最狂と謳われたプレイボーイの鈴木君。この哀れな女に恋の作法を教えてやってくれ」

「あ、聞きたーい」加藤の目が不似合いながら乙女チックに光った。

「いやいや」鈴木はにこやかに言った。「もうこの年になって恋の作法もへったくれもないよ。人間、最後はやっぱり中味さ」

「うわ、出た。正論」

鈴木は差し挟まれた揶揄にも格好を崩さず話を続けた。

「美代は映像クリエイターという独特の世界の住人だろ。だから世間一般の男たちにその良さがなかなか伝わらないのさ。だからって、自分のことを安売りして、だれでもいいから付き合おうとは思わないだろう」

「フッ」加藤はニヤリと唇の片方の角を上げた。「分かる人には分かるのね」

「いちいちもっとも。ヤツの言う通りだ」また森田がしゃしゃり出た。そして川田に向かって恭しく手のひらを指し広げ、加藤と鈴木に説くように言った。

「見た目なんて関係ないってことは、俺よりも川田を見れば明らかだろ。こんな顔にもかかわらず、奥さんはきれいなんだぞ」

「こんな顔で悪かったな」

どっと笑いが起こる。けなしあっても、からかっても、そこは同級生。かつて青春を共に過ごしたという、かけがえのない思い出と、三十数年を経て互いの健勝を認めあう絆ゆえだった。

「しかしお前」森田は川田を見て言った。「なかなか出世したもんだな」

「どういうことだよ」

「だってさっきの話じゃ、会社の販売員教育ビデオを作る仕事を任されているんだろ」

「それのどこが出世だよ」

「川田は会社の顔となる販売員の心構えの基礎作りを任されたわけだ。つまりそれって、会社の顔作りをやるってことじゃないか」

「んな大げさな」

川田は首を横に振った。

「当たらずも遠からずね」横から加藤が口を挟む。「アタシ、今までいろんな会社の映像を作ってきたけど、そういう担当者は会社の『期待の星』であることが多いわ」

「川田、お前は会社の星だ」と森田。

「文字通りスターってことだ。まあ、相当遅咲きだがな」と鈴木。川田は照れくさかったが自然と表情が緩んだ。

「でもさあ、アタシ呼び出されて貴さんが担当だと聞いて本当に驚いたんだから」

「それはこっちのセリフだ」

「アンタだってことだけじゃなく、まあなんと風采の上がらないプロデューサーだってことにもね」

再び笑いが起こる。

川田は暖かい笑いに包まれながら、三人の友の顔を一人ずつ見渡した。すっかり調子に乗って踊り出さんばかりの森田、少しやつれたが相変わらずクールで切れ味鋭い鈴木。そして、圧倒的な存在感から小気味よく毒を吐く加藤。皆、普段どうしているかは別として、こうして一堂に会したら途端、「あの頃」に帰ることができる。川田自身、自分の心持ちが完全に高校時代に戻っていることに気づいていた。

それにしても、加藤の貫禄の並々ならぬ事といったら。同世代にはすっかり珍しくなった勝気な女性。川田は彼女の空きかけたグラスに、残り少ない瓶ビールの中身を全部注ぎ入れた。

第四章

カナダ

広大なロッキー山脈を眼下に、機体は時計回りに大きく旋回したかと思うと轟音とともに車輪を滑走路に滑り込ませた。やがてエンジンが逆噴射し速度を緩め、機体はゆっくりと定位置に止まった。着いた。カナダに着いたんだ。川田は噛みしめるように顔をほころばせた。

成田から直行で約十時間。長かった。ちょうど夏休みのピーク時期と重なった川田家のカナダ旅行。出発時、成田空港は旅客でごったがえし、ターミナルでも離陸前の機内でもかなりの待ち時間をこうむった。長時間の座姿勢は窮屈でしかたがなかったが、機内食やイヤホンから流れる音楽のおかげでいくらか旅行気分を味わうことができた。

飛行機からエア・ターミナルの手荷物受取場へ。改めて家族の顔を見渡すと、蓉子も二人の息子も顔に疲れをにじませてはいるが、目はキラキラしていた。それぞれ手荷物を確保しラウンジへ。

「ね、ちょっと。父さん」靖之が父の肘を突っついた。

「空港にはポールさんが出迎えてくれると言ってたけどさ、会ったのは三〇年くらい前なんだよね……顔、分かるの？」

（うっ、鋭いことを）川田はキャリーバッグをゴロゴロ言わせながら平静を装い、「まあ、多少はそうした心配がないわけではない……な」

「マジかよ！」後からついてくる智之が思わず口走った。「それじゃあ、お互いに分からなかったらどうするのさ。飛行場宿泊なんてことになったら最悪じゃん」

「もう、あなたって、こんなところまで来てるのに……頼りないわね」蓉子も呆れて言った。

「なあに」川田はおおらかに答えた。「お互いに見た目はちょっと変わっているかもしれないが、基本的には変わらないさ。多分……」

「Hey タカさん！」

突然、人ごみの向こうから懐かしい日本語が聞こえてきた。家族四人の視線が声の方に集中する。その先に、ショートパンツにポロシャツ姿の中年男性と、やや大柄でにこやかな笑顔を浮かべた女性の姿があった。

「おおっー、ポール」川田はいきおいこんで男のもとへ駆け寄った。

「Haven't seen you for a long long time !」

ポールは両腕を大きく広げ、飛び込んでくる川田の身体を受け止めた。

「うわあ……ポール、ポール。元気だったか。よかった。よかった！」

「タカさんも、元気そうでナニヨリ、です」そう言って二人は肩を抱き合い、目を潤ませた。

その傍で、妻であろう大柄な女性が「よかった、よかった」と、笑顔で何度も頷いていた。蓉子と息子たちも、抱き合う二人に近づき、しばらく再会シーンを眺めていた。

「ポール。きみの目の輝きは、昔のままだ。きっと、すばらしい人生を送ってきたんだな」

川田がそう言うと、ポールは相手の顔をじっと見つめ、

「タカさん。アイカワラズ、おもしろいカオですネ」

川田家四人はその後、ポールと妻のジェインさんと共に彼の家へと向かった。車窓から見える家々には煙突が付いていた。きっとどの家にも大きな暖炉があるに違いない。ポールに聞いてみると、冬はマイナス二〇度まで下がるらしい。（ヒャー、冬は冷凍庫の中にいるようなものか）川田は北国カナダの冬の厳しさに思いをめぐらせた。どおりで八月だというのに日本のようにうだる暑さは感じられない。

ポールの家は地下室付きの二階建てで、川田家は日当たりのよい二階の部屋に案内された。荷物を降ろしている内に早速ジェインさんが昼食を用意してくれた。ポールファミリーには子供がいない。一見さびしくはないかと思ってしまうが、本当に仲睦まじい夫婦だった。二人は日本から持ってきたいくつかのお土産に大喜びしてくれた。

昼食は、天井が高く窓の大きい明るくゆったりとしたダイニングで始まった。コーンシルクカラーのストライプが可愛いらしいテーブルクロスの上に、おいしそうに並んだメニューは、キルシュと野菜の付け合せ、スープ、そして有名なブルーベリーマフィンなど。蓉子はかつて愛読していた「鏡の国のアリス」よろしく幸せそうに、また息子二人も満足げに食事をした。

昼食後はまた車に乗り、ポールのガイドで市内観光。一九八八年に行われたカルガリーオリンピックの広場や併設された記念館を訪れた。記念館の隣にはアイスホッケーのリンクがあり、少しのぞいてみることに。格闘技と見紛うばかりの迫力にしばし見とれていたが、ポール曰く「これはジュニアの練習だよ」と。

「ねえ、ポールさん」スケートリンクのバックヤードで、靖之はコーラを飲みながらポールに尋ねた。「三〇年前の父さんって、どんな感じだったの？」

ポールは嬉しそうに答えた。

「そうだネ。父さんは、スポーツが好きで大学の人気者ダッタヨ」

「へえ？　想像できないな」隣で智之が首をひねる。

「ついでに聞くけど」靖之がさらに尋ねる。「父さんは、女の子にモテてた？」

「おお、ますますヨイしつもんだネ」ポールは一瞬目をキラリと光らせた。そして蓉子の方に目を遣り、

「オクさん、ごアンシンください。ウワキのシンパイは、まったくありません。コレマデもコレカラ、も。ボクの知る限り、過去はカラッキシ、です」

「おい、ポール」川田はポールの腰のあたりを突っついた。「何だよ、それは」

「タカさん、じゃあアノはなし、してもイイですか？」

「こらこら、根も葉もない」

「スミマセン。カナディアンジョークです」

その日の夕食は中庭でのバーベキューだった。ビールで乾杯し、名物のアルバータビーフに舌鼓をうった。蓉子や息子たちは、それぞれに身振り手振り、英語と日本語を織り交ぜてポールファミリーと楽しそうに交流した。川田もポールと昔話に花を咲かせた。ビールでほろ酔い気分になりながら、三十年もの時を経て、こうやってポールの家で家族とともにディナーを楽しめることの不思議をしみじみとかみしめていた。

翌日は、朝からポール運転の車で郊外の景勝地を見て回った後、市内のイタリアンレストランで昼食を摂り、ポールとはここでお別れとなった。『次は日本で会おう』そう約束しあい、ポールと川田は互いに抱き合った。

川田家はバスに乗り換え、一路バンフを目指した。旅行はここまでが「自由行動」。以降はDTAのお膳立てによるプランとなる。限られた日程の中で、川田家の希望を最大限組み入れられるよう、北山が計画を練ってくれた。

今晩からはレイク・ルイーズの岸辺にそびえるシャトー・レイク・ルイーズでの宿泊となる。パンフレットに掲載されていたそのお城のような外観に、もっとも胸をときめかせていたのは蓉子だった。

「母さん、目の色が違うな」靖之はバスのリアにキャリーバッグを積み込みながら、傍らで地図に目をやる智之に母を見るよう促した。

「ホントだ」智之はニヤニヤして言った。

「何か物を頼むなら今のうちだ」

「いや、それはダメだ」靖之は注意深く弟に諭した。

「母さんに物を頼んでうんと言わせるには、母さん自身が何か自分の物を買ったり貰ったりした時じゃないと」


バスは美しい街並みを抜け、徐々に針葉樹の森の中へと進んでいった。車窓から望むバンフの自然は、柔らかな木立の影がどこまでも続き、処々で蒼々とした夏の輝きを見せてくれている。山あいの木々の間から時折碧い光がまたたいた。すると木々が車窓後方へ一気に流れ去り、その次に視界いっぱいに空を映す清流が横たわった。ボウ川だ。あのマリリン・モンローが映画で下ったこの川の吸い込まれるような淡い翡翠色は、今も変わらない。

「まるでエメラルドの川ね」

「ああ」川田は、感心して車窓に釘付けになっている蓉子の肩越しに、ボウ川のほとりに佇む野生の羊の姿を見た。悠々と流れるボウ川、自然の息吹、まるで引き伸ばしたようにゆったりとした時間。バスの揺れも相まって心地よい陶酔を覚え、日本でのあくせくしたサラリーマン生活など頭の中からすっかり消え去ってしまう。

お城のようなシャトー・レイク・ルイーズにチェックインする。川田一家はホテルのロビーや天井を見渡し、その壮麗さに驚嘆し、ため息をつきながら部屋に入った。早速蓉子は作り付けの欧風装飾のクローゼットを満足げに開き、キャリーバッグの中の服を掛け始めた。川田はというと、ベッドに仰向けにざぶりと倒れこみ、バスにずっと座って凝った肩や腰を思い切り伸ばし、心地よい唸り声をあげた。

「うーん……」

「そこでそんな風にしてると、日本にいる時とちっとも変わらないわね。でも、あなた少し疲れたんじゃないの？」蓉子は服を収納しながら川田の身を気遣った。

「大丈夫だよ。ちょっと休んだら、さっそく湖に行ってみよう」

三十分後、川田家は果たしてレイク・ルイーズ湖畔の遊歩道にいた。四人とも着替えを済ませ、先ほどより動きやすいラフな装いで歩いていた。

小径から遠めに見る湖面は一枚の絵のようだが、傍で見るとその美しいグリーンは圧倒的であった。湖は夕暮れの太陽の光を浴び、宝石を散らしたような無数の光をきらきらと舞わせていた。湖上の空気はなめらかに風を運び、日本からの来訪者を歓迎しているかのようだった。

「おっ、ボートがある」智之が散歩道の遥か先を指差した。

「ほんとだ。父さん、乗ろうよ。母さんもどう？」、靖之の促しに乗るように、父と智之は駆け出そうとした。

「ちょっと、あなたたち」蓉子はいぶかるように、「大丈夫なの？　私は乗らないから。ボートなんてひっくりかえりそうで怖いわ」

「大丈夫だよ、僕が漕ぐから」という夫の言葉にも、

「やめてよ、よけいに不安だわ」

父と母の予想通りのやりとりに息子たち二人は思わず笑った。結局蓉子以外の三人が乗り、蓉子は湖畔で待っていることとなった。

やがて三人の乗ったボートは岸を離れ、湖面になめらかな航跡を描きつつ、小さくなっていった。

「ホント、皆無邪気なんだから……」蓉子はベンチに座りボートの行方を見つめていた。

「父さんちょっと、じっとしてて」

オールを操る智之は、やっきになって右舷のオールで湖面を背後に掻いた。前方の靖之も、

「父さんは最近ウェイトオーバーなんだから、ちゃんとボートの真ん中にいないと。あんまりそっちに行くと、傾くよ」

「おいおい、人をトドか何かと一緒にするなよ。俺はそんなに重くないぞ」川田は息子たちの予想外の狼狽をよそに、ますます身体を傾け、湖面の様子を覗き込んだ。そして、

「いやあ、おまえたちも触ってみろ。冷たいのなんのって」

「そりゃあ雪解け水だから。ここで転覆したら三人とも凍ってしまうよ」

「ボートなんて、ひっくり返そうと思ったってそうそうひっくり返るものじゃないさ。では、さっそく……」そう言って川田は、ジャケットの内側に忍ばせておいた空のペットボトルを取り出し、おもむろにキャップを開いた。そしてボトルを持った腕を湖面に伸ばし、水面をなでるようにして水を汲み入れると、しっかりとキャップを閉じた。レイク・ルイーズの水は、グリーンの湖面を離れてボトルに入った瞬間驚くほど透明に様変わりし、思わず一口飲んでみたくなるほどだった。

「水なんか汲んでどうするのさ？」智之が尋ねた。

「ふっふっふ」川田はニンマリと笑みを浮かべた。そして汲み上げたばかりのボトルの中の水を嬉しそうにしばらく見つめていた。

「まさかそれ、飲む気？」智之は訝しげな表情を浮かべた。

「別に飲もうってんじゃないよ。せっかく来たんだ。ちょっと土産にね」

「父さんらしいや」さもありなんと靖之が頷いた。「確かに、レイク・ルイーズの水なんてどこにも売ってないね。だけど、ぼくの土産はさっきショップでちらっと見たカナダ国旗のブルゾンがいいなあ」

「おおっ、あれか。俺も目を付けてたんだ」智之も同調した。

川田はそんな息子たちのやりとりを見つめてはいたが、心は上の空、まさかの「水」の土産に北山が目を丸くする姿を思い浮かべ、一人くすくすと笑っていた。

バスでの移動中、目に映る数々の湖を眺めているうちに、川田の頭には北山の奮闘ぶりに思わず口走ったセリフが蘇っていた。確かに普通のお土産ではなく、ちょっと変わったものを贈って彼女を驚かせたい、そんなちょっとしたイタズラ心であった。


湖から戻った後、蓉子たちは夕食までの間、ホテル内をショッピングを兼ねて探索に出掛けていった。川田は一人部屋に残り、電気の湯沸しポットを使い湖水を煮沸消毒した。ポットの水が沸騰するのをボーッと眺め（これをどうやって渡したらいいもんやら。まさか、ペットボトルごと渡すわけにもいかんし……何か気の利いた入れ物はないもんか）などと思案にふけっていた。

やがてポットから電気コードを抜くと、今度は湯が冷めるのをまたぼんやり待ちながら、（しかし、これって、北山さん本当に驚くかな？『うわっ』とか）腕を組んで考えていた。

「難しそうな顔して、何独りごと言ってるのよ？」

「うわっ！　脅かすなよ」いつの間にか蓉子が帰ってきていた。

「もうっ、こっちが驚くわよ」


ホテルのレストランでカナダ料理のディナーを満喫した川田家の面々は、部屋に戻りのんびりと過ごしていた。靖之と智之はテレビのスイッチを入れたが英語の番組などろくに見ず、それぞれが持参した本を読んでいる。蓉子はたっぷり時間をかけてシャワーを浴びると、入念に化粧水を塗りこみはじめた。彼女の言うには、北極に近いということはオゾンホールにも近いので紫外線が怖い、とのことだった。

「それにしても」蓉子は手を止めて夫に言った。「今度の旅行、皆で来られて本当によかったわね。ありがとう」

「なんだよ、急に」

「だって、本当に久しぶりだし。嬉しかったわ」

「い、いや、最近はどこにも行けなかったからな」川田は、ちょっと照れくさくなり、窓の外に目を遣った。

本当は、「いろいろ長い間苦労をかけた、こちらこそありがとう」と言いたかったが、うまく言葉が出てこなかった。テレビドラマならきっと感動的な夫婦のシーンにでもなりそうなもんだが……。

「私の母がね、心配いらないから思う存分羽を伸ばしておいでって」

「お、そうか。あれから変わりないか」

「大丈夫みたい。よかったわ」

「お義母さんの気に入りそうなもの土産に買っていこうか」

「そうね、ここならいろいろありそうだし」

「でも、大丈夫って聞いて安心したよ」

「ありがとう。じゃあ、先に寝るわね。おやすみなさい」

蓉子がベッドルームに去ると、川田はバルコニー側の小卓でコーラを飲みながら、夜空にのぞむ月とその光を仄白く映し出すレイク・ルイーズの湖面を肴に時の流れを味わっていた。そして、カナダ旅行のパンフレットを手に取ったときからの事を思い起こしていた。ここまで来るのには紆余曲折があった。

――実は、昇格が決まった直後、蓉子の母が心臓疾患で急遽入院する騒ぎがあった。一時はまたもカナダ行きが怪しくなり、家族で出かけられてもせいぜい国内で二、三日程度か、最悪旅行はすべて中止せざるをえない状況だった。幸い一週間程度で無事退院でき、その後も経過は良好であった。

（そういえば、あの時も北山さんは国内旅行の仮予約を始めいろいろとよくやってくれたな。ありがたい……）ふと、彼女の笑顔が目に浮かんだ。とても懐かしい気がした。

いつもは夜更かしな家族だが、この日は移動の疲れもあって十一時頃には皆床についた。川田は目を閉じ大きな安堵感を覚えていた。

皆が寝静まり暗くなった部屋のベッドで、子供たちが小さかった頃をふと思いだした。

夜泣きに始まり高熱、喘息、オネショ……蓉子は悪戦苦闘していた。深夜の急病であたふたと二人揃って病院に連れて行ったことも幾度かあった。でも、運動会で家族一緒に食べたおにぎり、遊園地で一緒に乗った他愛ない乗り物……それらはかけがえのない思い出だ。

それが、こんなに大きく立派になってくれた。嬉しさと、もうあの頃には戻れないという悲しさ。一家水入らずでカナダ旅行ができる幸せと、こんなことは最後かもしれないという寂しさ。できることなら、「蓉子！　靖之！　智之！」と、ひとりひとりの名前を大きな声で呼びたかった。川田の目から自然と涙があふれた。

その後の旅は、おだやかに家族の笑顔を運んでいった。楽しい時はロッキー山脈の風のように吹き抜けて、川田家は日本への帰途に就いた。

第五章

帰国後

「川田課長、ありがとうございます！」

朝礼後、川田の周りには女子社員の人垣ができていた。彼女らは、めいめい土産に手渡されたクラフト紙の包みを開けて嬌声を上げた。数少ない男性社員たちも、お菓子ひと切れの予想を上回る厚遇に嬉しそうな顔を見せていた。

カナダから帰国した次の月曜日、川田は部内で話題の人となっていた。国内旅行でさえ行ったという話を聞いたことがなかったのに、家族揃ってのカナダ旅行。一体何が起こったのか――。

「子供二人を大学に出しながらどこにそんな経済的余裕が？」「きっと何か財テクしているに違いない」「ケチケチ貯めこんでいただけかも」「いややはり奥さんがしっかりしているのか……」

様々な憶測が飛び交う部内。その中で八木部長は、部の連中が就業中にもかかわらず川田の土産に群がりはしゃいでいるのを目の当たりにして苦笑していた。お土産にもらったサーモンジャーキーを眺めながら、若手社員たちへの励みになるならそれもよかろうと騒動を黙認していた。

そんな周囲の思惑や部長の目論見を尻目に、川田は若手社員たちに旅先の出来事を語っていた。レイク・ルイーズの水が翡翠色だったこと。山々が朝日を浴びて一気に濃霧を吐き出し幻想的な景色を映し出すこと。カナダサイズのステーキの他、付け合せのマッシュポテトや野菜がドカ盛りだったこと――。

「課長、川田課長」

ふと女子社員の垣根の向こうから川田を呼ぶ声がした。川田は「カナダの語り部」からサラリーマンたる我に返った。

「カトウさんという方からお電話です。内線一番につながってます」

「カトウ？」川田は手近なデスクから受話器を手に取った。「お電話代わりました。川田です」

「もしもし、アタシよ」

「なんだ美代か。加藤って言うから誰かと思ったら。久しぶり」

「久しぶりって、まったく呑気ね」

「いやあ、まだカナダから帰ってきたばかりで」

「あっそ」電話の向こうで加藤はぶっきらぼうに言い放った。「帰ってきたならカナダの事はもう忘れて、頭の中をサッサと切り替えなさいよ！」

「そっけない物言いだなあ。おかえりくらい言ってくれても」

「何寝ぼけたこと言ってるのよ。追加の資料届けておいたわ。ちゃんとメールも見た？」

「いや、まだだよ」

「遅い！　何のんびりしてるのよ。明後日はオーディションだからね。この予算じゃあ、ホントに新人どころか卵ぐらいしか集まりそうにないけどさ」

「まあそう言うなよ。新人なら新鮮でいいじゃないか」

「馬鹿ね！　新人イコール新鮮なんて素人考えだよ。化粧品会社のベテランに言うのもなんだけどさ、化粧品っていうのは、単に付け心地や効能でよしあしが決まるんじゃない。どこそこのブランドを使っているということ自体で満足感が変わるもんなのよ。つまり、その会社のイメージ自体が品質そのものになるってわけ」

「まあ、そうだな」

「だから、販売員にも会社のイメージ、しかも人を感激させるような美しさまで理解してもらうってことが重要なの」

「いや、言われてみれば」

「女優も、上っ面じゃなくって内面の美しさまで表現するだけの力量が必要なのよ。そんなことができる新人女優なんてほとんどいないわ」

「そ、そうなのか」

「美のイメージにインパクトを与えるためには、ＣＧなんかも使っていかなきゃまともな映像はできないわ。作品が、まかり間違って社外に出てごらんよ。他所と比較されて恥をかくのがオチね。もう少しお金もかけなきゃ……ああ、なんでそんなことが分からないの！」

「分かった、分かったよ」川田は這う這うの体で電話を切った。

（ふうっ、まったく加藤も仕事となると妙にカッカするな）

その二日後、八木部長、川田、加藤の三名の審査によるオーディションが行われた。といっても予定されていた候補女優は三名で、三十分程度の簡単なものであったが、川田や八木部長にとっては初めての経験でそれなりに楽しいものだった。ただ加藤だけは、集められた女優の質がいまいちだったせいか、終始渋い表情であった。しかし、とにもかくにも主な決め事はまとまり、翌週から制作が開始される運びとなった。川田は、「やれやれ、なんとか始められるか」と胸をなでおろしたものである――。

さて話は戻って、この日――月曜日は、旅行休暇を取ったことで片付けなければならない仕事が溜まりに溜まっていた。そのため結局昼食を摂る時間すらなく、忙殺されたまま終業時間を過ぎてしまった。壁の時計を見上げると既に午後八時をまわっていた。

（やれやれ、こりゃあ、一日ではとても片付かん。まあ今日は初日だし、これくらいで諦めるか……）

川田はノートパソコンから目を離し、椅子にかけたまま上体を思い切り後方に反らした。身体が痛がりつつも心地よく伸びるのを実感した。

結局家に帰り着いたのは九時過ぎだった。

「おかえりなさい」蓉子が玄関で出迎えた。川田は鞄を手渡し、ほとほと疲れた声で言った。

「いろんな仕事が溜まっててさ。これからしばらくは遅くなる日が続くかもしれない。あれ？蓉子、目の周りがちょっとクマになってる」

「あら、いやあねえ」蓉子は照れ笑いしつつこたえた。「時差ボケなのか、旅行の後片付け疲れなのか分からないけど、ちょっと身体が重たい気がして……それで今夜は出前をとったの。ごめんね」

「あやまることないさ。何千キロも移動したんだ。疲れてないわけがない」

「適当に中華を注文したんだけど、良かったかしら。ちょっと待ってて。温めなおすわ」

「ところで、ヤスとトモは？」

「ふたりとも大学サークルの集まりだって」

「若い奴らは元気だな」

そう言って二人はダイニングのテーブルに差し向かいに掛けた。チャーハン、肉野菜炒め、ギョーザに中華焼きそば。数日前までステーキ・サーモン・ハムのサンドイッチといったメニューの繰り返しであったため、卓上に広がる庶民的な中華料理は、目にするだけで心が癒されるようだった。

「さあ、食べるか」

二人とも疲れていると言うわりに早いペースであれこれ箸を伸ばし、しばらく一心不乱に食していた。

川田がふと目を上げると、蓉子が肉野菜炒めを自分の皿に取り分けつつ、箸でピーマンだけを丁寧に除けているのが見えた。中華焼きそばをすすりながらそれを見ていると、夫の視線に気づいた蓉子が、「なんでもないわ」と涼しい顔。開き直った様子でピーマンを皿の一角に完全に分けてしまうと、肉とモヤシばかりを箸でつまみ一気に口の中に運んだ。そしてしばらくもぐもぐやっていた。

川田は彼女の頬張り具合と皿の上に残されたピーマンの束をしばらく交互に見遣っていたが、徐々に笑いがこみあげてきた。口の中の焼きそばを一刻も早く胃袋に収めようと、咀嚼するペースを一気に上げ、咳込まんばかりに飲み込んだ。

「あなた、一体何がおかしいの？」蓉子が気後れするように尋ねた。

「いやあ」川田は微笑んで返した。「今何を見てもおかしくて、おかしくて、それが幸せなんだよ」

「なにそれ。薄気味悪い」

「ピーマンより？」川田がそう尋ねると、蓉子の目の端が一瞬鈍く光った。そして次の瞬間、彼女は箸を短く持ち直し、皿の上のピーマンをほぼ全部挟みあげ、勢いにまかせエイと口に放り込んだ。蓉子の顔はたちまち般若の険しさに変化し、歩行者信号の点滅よろしく赤く青く様変わりした。嫌いな物を飲み下せず、頬を膨らましたきり微動だにしない。

川田は思わず吹き出した。蓉子もつられて破顔した。その途端、川田の顔にピーマンの雨が降り注いだ。

＊

翌日の昼休み、川田はＤＴＡに出かけた。

「こんにちは」店内を見渡すと、北山と高木の姿があった。高橋はどうやら食事に出ているようで姿が見えない。

「あっ、川田さん。お帰りなさい。カナダどうでした？」北山がにこやかに話しかけてきた。

「いやあ、思ったよりも天気に恵まれて、よかったよ。いろいろハプニングはあったけど」

「道に迷ったり……？」高木がいたずらっぽく尋ねた。

「いや、忘れ物を少々……とか」

「荷物をですか？」

「それが、新しく買ったちょっと派手目な、というかカナダでしか着れそうもない白いジャケットを……家出るとき暑かったんで部屋の中に置き忘れて……」

「マジですか。せっかく買ったのに」高木は同情しつつも、いかにも川田らしいという感じで北山と顔を見合わせ思わず笑った。

「まあ、その他にもいろいろあって……また写真できたら持ってくるから」

「面白そうですね。楽しみにしています」北山が微笑んだ。

「はい、二人にお土産。メープルのクッキー、甘いよ」川田が、クッキーが何種類か入った紙袋を高木に手渡した。

「わあ、ありがとうございます」高木の目が輝いた。

その時、他の客が来店した。何かパンフレットを探しているようで高木が応対した。

川田はこの時とばかり、用意してきた大き目の封筒を鞄から取り出した。

「そうそう、これは、北山さんに約束した、レイク・ルイーズの水」

「嘘！　本当に持ってきたんですか？」

「うん、傷まないように煮沸消毒してね」

北山が早速封筒を開けようとすると、

「待って。その……地元の人に聞いたんだけど、ちょっとした伝説があるんだ。湖の水を小瓶に入れて、ある夜のある時間、確か夜十時から十一時頃、月にそっとかざすと、うっすらと光ることがある。光った水を見ることができた人は、願いがかなうと……だから、今日家で見て。いいかい、十時から十一時だよ。早くても遅くてもだめなんだって」

「ふ～ん、月の光？　やってみます」

川田は北山が封筒を自分のバッグにしまうのを見て胸をなでおろした。（高木さんもいるし、ここで開けられては……）その後少し雑談をし、和やかな時間を過ごした。

「じゃあ、またね。高橋さんにもどうぞよろしく」

「楽しみにしています。また寄ってください」北山と、接客を終えた高木が声をそろえた。


その日の夜。

北山はアパートの自室で時計を眺めていた。ちょうど十時を少し回ったところであった。

「もうそろそろいいかな」

北山は時計を見ながら、川田からもらった封筒をそっと開けてみた。絵ハガキと、コルク栓をした小さな瓶が入っており、瓶の中には緑色をした小さな石とレイク・ルイーズの水が。さらに手の平に載るほどの小さな箱。中を見ると木彫りの小熊にメープルリーフのネックレスがかけてあった。

「可愛い！……」彼女は思わず呟いた。

次に北山は絵葉書に目を遣った。裏面には氷河をバックに、それを逆さに映し出すレイク・ルイーズの美しく雄大な風景写真。反対の面には川田が書いたものらしいボールペン字が躍っている。

『北山様
ついにカナダへ行ってきました。

ロッキーの山々は白く、レイク・ルイーズは翠色に輝いて……自然の美しさに癒された気がします。

この一週間あまりは、とても印象深い日々でした。でも、それと同じく、北山さんがコピーしてくれたたくさんの旅行関係の資料、一緒に喜んでくれた飛行機の予約獲得、驚きながらもやってくれた五泊八日から六泊八日への変更……。みんなとても懐かしく、大切な思い出になりました。

ありがとう。

お礼に、約束したレイク・ルイーズの水とメープルの葉っぱをお届けします。

夏の夜、水を月明かりの下で見てください。

水がきっと光りますように。

川田』

川田は文中の『ありがとう』にとりわけ深い気持ちを込めていた。これまでのことへの感謝、そして彼女への想いを、メッセージの中のこの五文字に託していた。

「お帰りなさい。よかった、無事帰って来てくれて……」

北山も、脳裏につらつらと三月の終りから今日までの事が思い起こされ、思わず胸が熱くなった。

北山は小瓶を持ってベランダの方に移動した。

ベランダ側のカーテンを少し開いて夜空を見上げた。生憎の薄曇りで、月はわずかに雲の合間から姿をのぞかせていた。風はささやかに夏の香りをたもとに秘め、日中の暑気は想い出す術もない心地よさ。北山はベランダに出て柵の前に立ち、右手に持ったガラス瓶をそっと目の高さにあげた。そして、自分の目と月との間にゆっくりと差し入れた。

（光るかな？　あれっ、今夜は雲であまり月が見えない……）

北山は手を伸ばし、瓶を月に近づけようとした。

雲の向こうに、ほのかに光をにじませる月の存在がおぼろげに分かる。雲の厚いところ、少し薄いところ、次々に流れてゆくその時どきに、彼女は瓶の水の具合に目を凝らす。

（今夜は難しいかな……）

瓶の水は北山の右手の動きに合わせて水面をゆらゆらさせている。その揺れにあわせるかのように、水がふわっと光を帯びたような、そうでないような。北山はしばらく光の姿を追って水を見つめていた。

風がおだやかに夜を漂い、彼女を包み込むようだった。夜空の月は高みから優しく光を放ち、瓶の中の水とベランダの北山を照らしていた。北山の横顔は、うっすらとした月の下でいつまでも温かな輝きを湛えていた。

翌日、川田が外先からオフィスに戻ると、北山からメールが届いていた。お土産のお礼や、ベランダで水の入った瓶を月にかざしていた時、身を乗り出しすぎて落っこちそうになったこと、メッセージを読んで感動したことなどが書かれていた。川田はこの短いメールを何度も読み直した。何度も。

*

その翌週の月曜日、川田は朝から苦情の対応について、代理店から相談を受けていた。よほど対応に苦慮していると見えて、延々とグチを聞く羽目になり、対応方法の打合せを含め一時間程を要した。それが終わりパソコンの電子メールを見ると、今度は別の販売店からも苦情対応についての問い合わせが入っていた。

(やれやれ、中々苦情は減らないなあ)つい、ため息が出る。

するとと脇から、

「川田課長、ディレクターの加藤さんからお電話です」

「加藤？　設定の変更でもあったかな」川田が電話に出ると、いきなり、

「ちょっと、大変よ！」

反射的に受話器から顔を背けてしまうほどの大声だ。

「大変って、一体何があったんだい」

「何がって、ホントに呑気ね！　先週オーディションで決めたメインキャストの女優、八木部長と貴さんがご推薦になられたあのおキレイな女の子、突然ビデオには出られないって言ってきたのよ！」

「えっ、まさか」

「私言ったよね、あの子はトラブルになるかもしれないって……」


三十分後、川田と加藤は駅前のイートインタイプのカフェにいた。時刻は十一時をわずかにすぎた頃で店内に客はほとんどいなかった。二人は丸いテーブルに向かい合って座っていた。

「まさかこうも簡単にキャストが辞めると言うなんて思わなかったよ。いやあ、参ったなあ。ハハ」

「馬鹿に悠長に構えてるわね」加藤は鼻の穴を大きく膨らませた。

「いろいろ言ってもさ、その女性が出演できないっていうなら仕方ないじゃない」川田はブレンドコーヒーを啜り、いかにも鷹揚に加藤の顔を見た。加藤は呆れ顔で頭を横に振った。

「アンタの考えているほど、この業界は生ぬるくはないんだよ。いい。キャスティングに金を惜しんで根性の出来ていない新人なんか使おうとするから、こういうことになるのよ。新人のバックレ話なんて耳にタコができるほど聞いてきたけど、自分の仕事で起こるなんて、恥ずかしくってたまらないわ」

川田は、自分が悪いわけではないのだが、だんだん申し訳ない気になってきた。加藤はますます熱くなってまくしたてた。

「アタシ、初めっから言ってたよね『主演にはそれなりの女優を起用しましょう』って。だのに部長のヤギさんたら『社外に出すものじゃないからそんなにこだわらなくとも』とか『余分な予算はかけられないとか』言ってさ。マシな女優を使おうって理由は演技力云々だけじゃなくって、出演者としての責任感を含めて言っているのよ！」

加藤の声が一段とボリュームを増してきた。

「そんな大声で怒鳴るなよ」川田は目を白黒させて周囲を見渡した。すぐ傍に客はいなかったが、奥の席にただ一人、ノートパソコンを扱っていた若いスーツ姿の男が画面越しにチラチラとこちらを見ていた。顔を正面に戻すと、怒りの形相の加藤が湯気でも噴き出さんばかりに真っ赤になってこちらを睨みつけていた。川田はテーブルの上に身を乗り出し、相手にすっと顔を近づけ、

「加藤」囁くように彼女の名を呼んだ。

「何？」加藤も川田にあわせ、耳をそばだてた。川田は落ち着いた声で説いた。

「主演は白紙に戻ったんだ。また決め直すしかないだろ。泣いたって怒ったってはじまらない」

「……確かに、そうね」加藤は頷いた。

「その冷静な開き直り具合が……実に貴さんらしい」

「ありがとう」川田は彼女の理解に感謝し、軽くまぶたを閉じ、また開いた。

「しかし、いかにぼくが冷静に振舞おうとも、やはり餅は餅屋。その道の問題には、その道の専門家ならではの解決法があるだろう。こんな時に頼りになるのは加藤の経験値さ。さっそくだが、ディレクター、ぼくは今から何をしたらいい」

「そうね」加藤はしばらく考え、口を開いた。「とにかく人にあたる。あたってあたって、口説くのよ」

「あれ？　あんまり専門的な餅屋らしい解決法じゃないな」

「そんな黄金律があるのなら誰も苦労しやしないわ。そういうのを『絵に描いた餅屋』っていうのよ」

「そのコトワザ……絶対におかしいけど、なんだか新鮮だな。まあいい。スケジュール的にはいつまでに見っけたらいい？」

「決まってるでしょ」

「へ？」

「今日中よ」

「今日中って、今日一日の間って意味の、今日中？」

「ほかにどんな今日中があるのよ」

「……うそだろ？」

「この期に及んで、誰がうそを言うっての？」加藤は吠えた。

「いい、アタシの仕事に『あとで』は無い。あるのは『今』だけよ。ほら休憩はおしまい。アタシは芸能プロダクションをあたるから、アンタは部長にかけあって予算の確保。人選もね。さあ行くわよ！」

加藤はそう言い放ちすっくと立ち上がると、カフェの伝票を手に取り、遅れて立ち上がった川田の胸元に無造作に押し付けた。


それから三日間があっという間に過ぎた。

いまだにメインキャストの女優は決まっていない。加藤はあれこれプロダクションをあたり、自分のメガネにかなった女優を会社に提案するのだが「出演料が高い」と却下される。それじゃあどこから人を見つけるのかと、川田が加藤の代わりに立って八木部長に尋ねるが「それを考えるのがお前の仕事だろ」と返り討ち。それを加藤に告げるとブチ切れて「アタシもう知らない！」「まあそう言わずに」。なだめすかしてなんとか仕事を続けてもらえるよう懇願する川田。こんな板挟みの日々が続き、さすがの川田も疲れがたまってきた。

（いったいどうすれば？　右へ行っても左へ行っても袋小路。ウ〜ン、どうしたもんか……）


「八木部長、大変です！」若手社員が血相を変えて八木のデスクに飛んできた。

「なんだ、なんだ。会社の中を走り回るんじゃない。一体どうしたんだ？」

「かか、川田課長が……」

「川田がどうした」

「変なんです」

「あいつはいつも変じゃないか。何が変なんだ」すると奥から野太い川田の声が聞こえてきた。

『八木部長』

周囲にいた社員たちは、声のした方向を向くなり呆気にとられ、言葉を失った。

たちまち響く、八木部長の一喝。

「おい川田！　どういうつもりだ、そんな格好して」

八木部長の前に現れた川田。その出で立ちは、およそ常識を疑う摩訶不思議さだった。大きな頭に被さったロングヘアーのウイッグは、内巻き気味に肩まで深々と垂れ下がり、髪束のところどころに赤や青のリボンが留められ、きらびやかな光を放っている。両の瞼には上下とも深い付けまつげが山野の植林のごとくあしらわれ、その薄暗いまつげの林の間から小さな瞳が見え隠れしている。メイクというよりは歌舞伎の隈取を思わせるアイシャドウに口紅。ガタイのいい身体には、ボタンが飛んでいきそうなブルーのブラウス。プックリふくらんだお腹からゆるやかなカーブを描いて下に伸びる黒いロングスカート。さすがに女性物の靴におさまりきらなかった足には、ピンクのクロックスが。その色鮮やかさ、デザインは、メルヘンチックにもクリスマスの売り出しチラシのようにも見える。元来くりっとした愛嬌のある眼差しのうえポッチャリしたお腹なので、ひいき目に見れば可愛らしく見えなくもないが……。

今時のテレビでは、オカマでもニューハーフでもオネエでも見慣れた光景だろうが、ここは昼間のオフィス、しかも集中して仕事をしている最中の出来事である。それは、キャーでもハハハでもなく……「！」でしかなかった。皆、事の成り行きを固唾を飲んで見守っていた。

川田の背後には加藤美代子の姿があった。女装男の傍らから離れず周囲を警戒している彼女の目には、これから巻き起こる状況をひとつとして見逃すまいとする鋭さがあった。

「川田、何の真似だ」

八木部長は忌々しげに眉間にシワを寄せて言った。

「転職なら相談に乗るが、おかまバーに知り合いはいないぞ」

「畏れながら、八木部長」川田はものものしく願い出ると、両手を部長のデスクに置き、自らのアイデアを熱く語り始めた。

「わたしの話を聞いてください。例のビデオの件です。加藤が出す女優案は全部ボツ、一般からのオーディションは大袈裟すぎる。全体の予算増額も駄目。では一体どうしたらよいのか、時間も無いし……それでわたしは閃いたんです。『そうだ、自分が出演すればいい』と！」

八木部長は目元を歪めたまま、川田の脳天から足元までをしばらくじっくりと観察していた。

川田はその視線を一身に受け、じっと耐えていた。

「川田」部長が小さく口を開いた。

「何です？」川田が応えた。

「無理だ」

「何がです、言ってください」

「どう考えても無理だ」

「何が無理なのか、おっしゃってください。私は真剣なんです」

「ダメだ……お前、気持ち悪い」

「えっ、そうですかあ？　でも、よく考えてください」川田は口紅のたっぷり塗られた唇をパクパクさせて主張した。

「私だって初めからこんなことをやろうとは思いませんでした。でもキャスティングについて改めて考えてみたんです。ビデオを見る連中は若いスタッフが多いんです。彼女らは飽食の時代に生を受けこぎれいなものはとっくに見飽きている世代。ということは、どんなにきれいなモデルや女優を呼んできて、見目麗しい映像を完成させたとしても、訴求力という点であんまり意味がないんじゃないでしょうか。そこで私は考えました。必要なのは『美』ではなく『驚き』なのです。そこでインパクト路線に変更し、徹底した関心を引き出すべく……」

「もういい。分かった、分かった」八木部長はおどけた様子で「降参！」とばかりに両手を上げ、面倒くさげに頭を横に振った。加藤は川田の背後で押し黙ったままじっと二人の様子をうかがっていた。（さすが部長、察しがいいわ。貴さん、あんたの作戦もなかなかね）加藤が内心感心していると、突然、

「ちゃんと聞いてくださいー」川田が全フロアに響くほどの大声で叫んだ。そしてさらに、堂々と宣言したのである。「わたしは、本気で役を演じたいと申し出ているんですっ！」

「はあッ？」

加藤は愕然とし、声にならない声をあげた。八木部長も目を丸くして視線を再び川田に戻した。

「川田、お前、これは緊急のキャスティングに助け舟を出さなかった俺や会社に対する抗議じゃないのか？」

「抗議？　とんでもありません。主演に立候補するためのデモンストレーションです」

「主演？　主演ってお前、せめて脇役、とかでもなく？」

「こんなに派手な格好ですからね、脇役で出たってきっと他のキャストを食ってしまいますよ。それに、その、どうせなら堂々とセンターを張りたいな、と」

「センター？」

「部長、最近はグループのメインを受け持つことを『センターを張る』って言うんですよ。時には、ジャンケンで決めたりすることも」

「コラ、川田！」傍らで一部始終を聞いていて苛立ちが頂点に達した加藤は、川田の前に躍り出るなり、胸倉を掴まんばかりの距離に詰め寄り一気にまくしたてた。

「アンタ、いい加減にしなさいよ。確かにメイクも衣装も協力したけど、『主演』とは……気でも違ったの？」

「気が違う？　何言ってるんだ」川田の目は真剣そのものだった。加藤は相手の一途な眼差しに一瞬たじろいだが、負けじと言い返した。

「何言ってるって、そっちこそ何言っているのよ」

「だって絶対面白いだろ、女装の方が」

「そうよ、面白いわよ。成程アンタにしてはいいアイデアだと思ったわ。抗議の方法としてなら、ね」

「嫌味な物言いだな……ははあ、さては加藤、女装したぼくが案外イケてることを僻んでいるな」

「馬鹿言ってんじゃないわよ！」

「ああ、君たち」八木部長は二人を制止した。呆れと苦笑と疲れの混じりあった表情だった。

「喧嘩はやめたまえ。状況はよーく分かったから話を聞いてくれ。キャスティングも含め、予算増額についてはわたしから再度上層部に掛け合ってみる。だから二、三日時間をくれ。その分の制作期間の延長は仕方が無い。その間、君たちも最後まで候補を当たってみてくれ」

「部長」川田が脇からそっと尋ねた。

「私の主演は、やっぱり駄目ですかね？」

「うーん」八木部長は少し考えてから、

「さっきお前の言っていたインパクト路線も、無しではないな」

「……本気ですか？」今度は加藤が尋ねた。

「もちろん本気だよ。加藤さん、あなたもプロの映像作家なら、素材を選ぶことなく、クライアントの意向に沿ったうえで最大の効果を発揮する映像を制作できるはず……ですな？」

「え、ええ……」加藤は渋々頷いた。

「それと、川田課長。しばらくキャストを探して見つからない場合、お前の女装を採用する方向でも考えるから、そのメイクや衣装は管理しておくように」

「本当ですか、部長。ありがとうございます」川田の顔がほころんだ。

「明日から演技の勉強もしなくっちゃ」

一方、加藤の頭の中は一瞬にして真っ白になった。

(路線変更？　構成からロケハンまで全部やり直し？　それって、振り出しに戻れってことじゃない。こうなったら意地でもキャストを見つけてやるわ)

第六章

奇跡

翌朝。

川田は出勤途中に立ち寄った直営の販売店から、隣駅の本社へ向かうため最寄り駅への道を歩いていた。この日川田が販売店に立ち寄ったのは、ひょっとしてビデオのキャストとしてふさわしいスタッフはいないか探るためであった。可能性は低いが、それでも川田が敢えて身内に探しに出たのは、昨夜掛かってきた一本の電話のためだ。

昨日くだんの女装騒ぎがひとまず収束し、三々五々で夜も更けた頃、川田が自宅で軽く晩酌していた時であった。

「川田の女装ビデオなんか絶対に撮らないからね。もう誰でもいいからアンタも探すんだよ！」

受話器の向こうの加藤はかなり酔った様子で、声には怒気が満ちていた。川田は穏やかな言葉を費やしなんとか彼女をなだめて電話を切ったものの、内心は冷や冷やした心持ちだった。川田にとって女装プレゼンは、純粋に良いビデオを作るためのアイデアだった。しかし、どうやらそれは加藤の逆鱗に触れる暴挙でしかなかったようである。

いまさらどうこう言ったってもう遅い。

現状、川田が恐れる最悪の事態は、加藤が怒りのあまり「もうやらない」とビデオ制作を放り投げてしまうことである。そうなったらこれまでの苦労がすべておジャンになってしまう。シナリオ作りからやり直しになると、制作期限内の完成は絶望的。とにかく加藤の機嫌だけはとっておかねばならない。こうなれば社員だろうがパートだろうが構わない。絶対に主演役の女性を見つけねば。会社だって、適役のスタッフが見つかれば首を横に振ることはないはず。

そんな勝手な憶測に淡い期待を抱きつつ——連絡もせずに訪れた販売店。しかし、店に一歩入るなり、

「川田課長、女装してビデオに出るんですってね！」

女性スタッフに一気に囲まれ、質問攻めに遭った。

「デビューですかあ。ゆるキャラブームですもんね」

「案外ネットで評判になったりして！」

「ビデオにプレミアついたりして！」言いたい放題に言われ、とてもじゃないが本題に入る隙がない。さすがの川田もムッとしたが、彼女らのたくましき顔を一望すると、なぜだか怒りも醒めてきた。

川田は滞在時間五分にも満たぬうちに、販売店を後にした。

特に目星があって訪れたわけではなかったものの、いざ不首尾となると少なからず落胆はある。

どうしよう、時間はないし……川田はやりきれない思いにかられ、道端に立ち止まり、眩しげに目を細め天を仰いだ。

お盆を過ぎれば秋はすぐそことはいえ、空にはまだまだ夏らしい厚い雲が浮かんでいた。気まぐれに漂う雲々は、地上に暮らす人々の物思いなど素知らぬ体でゆっくりと流れていた。

はあ……。

思わずため息がこぼれた。

実のところ、帰国以来なんとなく物憂く心が重い。旅疲れ、日常に帰ってきたことの苦痛、そしてビデオの件……。

違う。それらは確かにストレスではあっても、心の奥に潜む憂鬱の原因とは違う、一体何が……。本当は心のどこかでうっすらと気づいているのに、原因を直視することの怖さからそれを避けているのかもしれない。しかし同時に、自己確認のために敢えて自分の傷に触れてみたくなるのも人情。おそるおそる憂慮の根源に思いを馳せようとすると、ふとＤＴＡの高橋が何気なく言ったあの言葉が頭をよぎる。

「次からは、私がまた担当しますからね！」

さすがに長年の付き合いを考えると、「もういいよ。北山さんがいるから」とも言えない。

——もう彼女とは、この間までのように親しく話をする機会は遠のいてしまったんだな……。

このことを思うと、自分でも意外なほど残念な気持ちになる。川田は自分の関心事が自分自身の理解を超えたところで渦巻き始めていることを知った。そして彼の脳裏では矢継ぎ早に自問自答が繰り広げられた。

——だからといって、彼女と話が出来ないわけではない。残念なのは彼女と話す必然性を失ったことだ。

——いやいや、用向きなんていくらでも作れる。高橋さんに会いに来たと言ってついでに言葉を交わすことだってできる。

——しかし、カナダ旅行のプランを立てている時のように、二人で一つのものを紡ぎ上げていくという共通の目的みたいなのがないと……。

ここで川田はふと我にかえり、人知れず困惑するのだった。確かにいい年のサラリーマンが昼日中に街を歩きながら夢想するようなことではない。

（俺ってまるで中学生だよ）川田は自嘲した。（でも、そのことが頭から離れなくなったり、憂鬱になったりするのは止めようもない。いやはや……俺、一体どうしちゃったんだろう。まったく。もしかして、恋？　ハハ、いやいや、まさか……）

川田はそうやってしばらく自己分析を試みていたが、やがて胸の熱っぽさを抑えきれなくなり、手近な街路樹の木陰に入った。そしてひとつ大きく深呼吸をした。

と、背後から、

「カ・ワ・ダ・さん」

鈴のなるような声で名を呼ばれ、反射的に振り返った。するとそこに北山理沙の姿があった。

「ウワッ!!」

川田は驚きのあまり思わず叫び声をあげた。まさか、どうして彼女が今ここに？　どうして？　頭がぐるぐると回りだす。と同時に心臓が鼓動を打ち、顔がみるみる紅潮してこわばっていく。

「川田さん、大丈夫ですか？　お加減でも悪いんですか？」北山は、普段と様子の違う川田を心配そうに見つめた。

「いやいや、とんでもでもナイ――元気です。ほら」川田は愛嬌たっぷりに笑って見せ、ついでに両腕を大袈裟に振り回し、健やかさをアピールした。北山はやや面食らった様子で尋ねた。

「私、今、向こうの角から出てきたんですけど、川田さんに似ている人が歩いているなと思って、思わず声を掛けてしまいました。そんなに驚きました？」

「ち、ちょうど北山さんのことを考えていたから」

「えっ、私のことをですか？」

「う、うん。いやその……カナダ旅行のことを思い出していたんで。それにしても、こんなところで会うとは奇遇だね」

「お忘れですか、ＤＴＡはそこの角を曲がったらすぐですよ」

「ああそうか。そういえば、そうだ。いつもと違うルートだから。ウッカリしてた」

「ウッカリだなんて。フフ」和やかに微笑み返す北山だったが、ふと何かを思い出し、「そうそう、川田さん。これ見てください」彼女は自分の首筋に細い人差し指をスゥーッと、沿わせると、右の鎖骨あたりから顔を出したリーフ形の飾りを軽くつまんで取り出した。そして、

「メープルリーフのネックレス。ありがとうございました」と言ってチョコンと頭を下げた。

川田は胸元に光るメープルリーフに目を遣ったが、これまた突然のことで適当な言葉が見つからず、

「よ、よく似合ってる」それだけ言って、すっと通りの方に頭を向けた。

――ポキッ。

頭を回した拍子に、凝っていたためか首の骨が小さく鳴った。耳の中で、その音は妙にはっきりと、かつ情けなく残響した。メープルリーフから目をそらしたのはさりげなさを演出した素振りのつもりであったのだが……。

(くっ、俺って、どうしてこうダンディにできないんだろう?)

しばらく川田が視線を戻そうにも戻せぬまま、街路を眺めていると、

「大事に着けさせていただきますね」

北山の澄んだ声が耳に届いた。川田はようやく彼女を振り返ることができた。

――話を変えよう。

「ところで……北山さんはどこへ向かってたの？」

「地下のコンコースにおいしい和菓子のお店があるんです。いつもそこでお菓子や茶葉を用意するんですよ」

「なるほど、あの辺にはいい店いっぱいあるよね」

「いつもは別の者が買いに行くんですけど、今日はちょっと都合で。それで私が買いにいくところなんです」

「へえ。それじゃあ、この時間にオフィスから表に出ることって」

「そう、あんまりないんですよ。だから今日はなんだかウキウキして。お天気もいいですし」

そう言って北山は目元をほころばせる。

「ところで、川田さんはどちらへ？」

「僕も駅まで。それじゃあ一緒に行こうか」

二人は木陰を出て歩き出した。

駅まではざっと七百メートル。

川田の右隣をほんの少し遅れて従う北山。川田は目を動かし、北山の面立ちを観察した。目も口も変わらぬ元気をあらわして活き活きとし、肌は淡い光を放ちながら若さをたたえている。またトレードマークのパンツルックは相変わらず凛として、ずっと眺めていたい優美さがある。

「あ、あの」川田は話の糸口を探るように声をかけた。

「はい」

北山は仔猫のように小首を傾げて川田の方を見た。川田は何を話題にしようかとグルグル頭を巡らしながら、

「北山さんって確か、下の名前は『りさ』で、漢字は理科の『理』と、『さ』という字は……」

「よくご存知ですね。理科の『理』は正解です。『さ』は……沙悟浄の『沙』です」

「さ、サゴジョウ？」

「ほら、西遊記に出てくる槍を持った河童」

「それは分かるけど、文字はどうだったたっけ……」

「ええと……そうそう」

「？」

「ズバリ、狂気の沙汰の『沙』です」

「……それって、『サンズイ』に『スク』ない？」

「そうです。川田さん、漢字に強いんですね」

褒められて、どうもキツネにつままれた感の拭えない川田だったが、北山の笑顔が眩しすぎて、そのまま押し流されるように笑顔になった。話が切れないよう、川田はたて続けに話しかける。

「ところで北山さんは、スポーツとか？」

「昔、テニスとバドミントンを少し。私、こう見えて汗かくの好きなんですよ」

「そうなんだ。インドア派なのかと思っていたよ」

「よく言われます。でも実際、休みの日に部屋の中にいることなんて、ほとんどありません」

「何をしているの？」

「もっぱら、ジムで身体作りですね。私、いつの日か自転車で遠距離の旅にでも出てみたいなあって」

「意外だなあ」

「川田さんは何かなさってるんですか」

「はずかしながら」そう言って川田は自分のぽっこりと膨らんだ腹をさすった。

「草野球歴はかなりものだよ」

「長いんですか」

「そうだね。学生の頃からやっているね。もっとも若いうちは野球だけでなくいろんなことをやっていたよ。それこそ自転車にも乗ったし、テニスも」

「スポーツマンだったんですね」

「『だった』っていうけどさ。同い年と勝負したら、何事も負ける気はしないよ」

「すごい自信ですね」北山は思わず口元に手をそえ目を細めた。

「いや、それほどでも」川田は照れた表情で答えた。

「カナダでは十分家族サービスできましたか？」

「ウン、おかげさまで。かなり父権回復できたよ。たぶん半年くらいは威厳が保てるかも」

「あれ、たった半年ですか？」

「上々だよ。半年くらいでちょうどいいんだ」

最初はぎこちなかった会話のラリーも、歩き進むにつれ淀みなく弾み、二人の時間を明るく楽しいものにしていった。特に何を話したというほどのこともなかったが、川田にとってこの時間は、心地よい音楽のような時間であった。しかもその音楽は、通り一遍の癒しといったものではなく、自分の中に永く秘匿されていた感覚を呼び戻すようなものだった。

気がつくともう駅前のロータリーまで来ていた。ちょうど列車の出入りがあったところらしく、駅舎付近は人の出入りでごったがえしていた。

「和菓子のお店は、あそこの地下の階段を降りたところなので」

北山はそう言って頭を下げた。

「あっという間に着いちゃったね」

「お話できてよかったです。ありがとうございました」

「こちらこそ。楽しかった」

「またＤＴＡにもいらしてくださいね」

「了解」川田は軽く右手をあげて応えた。

「それでは、ここで失礼します」北山は身体を返し、地下階段の方へ歩きはじめた。

十メートル、二十メートル。駅舎から出てくる人々の群れが、二人の間をどよどよと流れてゆく。徐々に小さくなる北山の背中。川田は雑踏の中に立ち尽くし、それをぼんやりと眺めている。

そのうちに彼女は地下階段の降り口までたどりついた。彼女が地下へ一歩踏み出そうとする、その時、

「北山さん！」川田は思わず北山を呼び止めた。視線の向こうで北山の後姿がぴくっと反応した。彼女は足を止め、後ろを振り返った。

川田は駆け出した。行き交う人の波をかいくぐり、転びそうになりながら走った。北山の元に辿り着いた時、川田は息を切らせ、しばらく喘いでいた。

「急にどうされたんです？」北山は心配そうに訊ねた。

「あ、あの」川田は呼吸を整えると、真っ直ぐに切り出した。

「僕の勤めている会社のビデオに出演してくれませんか？」

「えっ？」

「急で変な話に聞こえるかもしれないが、ぜひ北山さんにお願いしたい」

「でも」北山は呆気にとられた。「他の会社のビデオに出演なんて、ちょっと……」

「大丈夫。社内用だから表には出ないし」

「そんな事自信ないですし、上司にも相談しないと……」

「いずれ高橋さんにも御挨拶に伺うから」

「だけど」

「頼む。このとおり」

川田は手を合わせ頭を下げた。北山は何も答えなかった。眼前には合掌して頭を垂れる男の姿。北山はその姿を目にするうちに、おかしさがこみあげ思わず吹き出してしまった。しかし、その音は周囲の雑踏に取り紛れ、頭を下げている川田の耳には入らなかった。

やがて川田はゆっくりと頭をあげた。視線の先で北山は困ったような表情を浮かべていた。が、ひと呼吸の後、彼女は軽く微笑んで頭を下げた。そして踵を返すと、吸い込まれるように地下階段へと消えていった。川田はしばらく呆けたようにその場に立ち尽くしていた。

周囲を行き交う人々は、路上で固まったまま動かない川田の姿に訝しげな視線を向け去っていく。川田の脳裏では、つい先ほどまで現実に展開していた十分程度の物語が繰り返し再生されていた。

そもそも川田は、今日たまたま販売店に立ち寄ったのである。そして北山もたまたま和菓子を調達しに表に出たと言っていた。つまり、普段なら出会う可能性など皆無に等しい二人が、重なる偶然に導かれ、駅までの七百メートルを一緒に歩いた。

（すごいなあ、いやあ、まさに奇跡だな）

ようやく、川田は徐々に状況を反芻することができるようになっていた。

――思いもよらず北山さんと逢えただけでもラッキーだけど、とっさの判断でビデオのキャストの件をお願いしたことで、またコンタクトをとるきっかけをゲットした。これぞ一石二鳥じゃないか。早く会社に行って加藤に連絡を取ろう。八木部長にも相談だ。

川田は足取りも軽く、上り線の列車に飛び乗った。

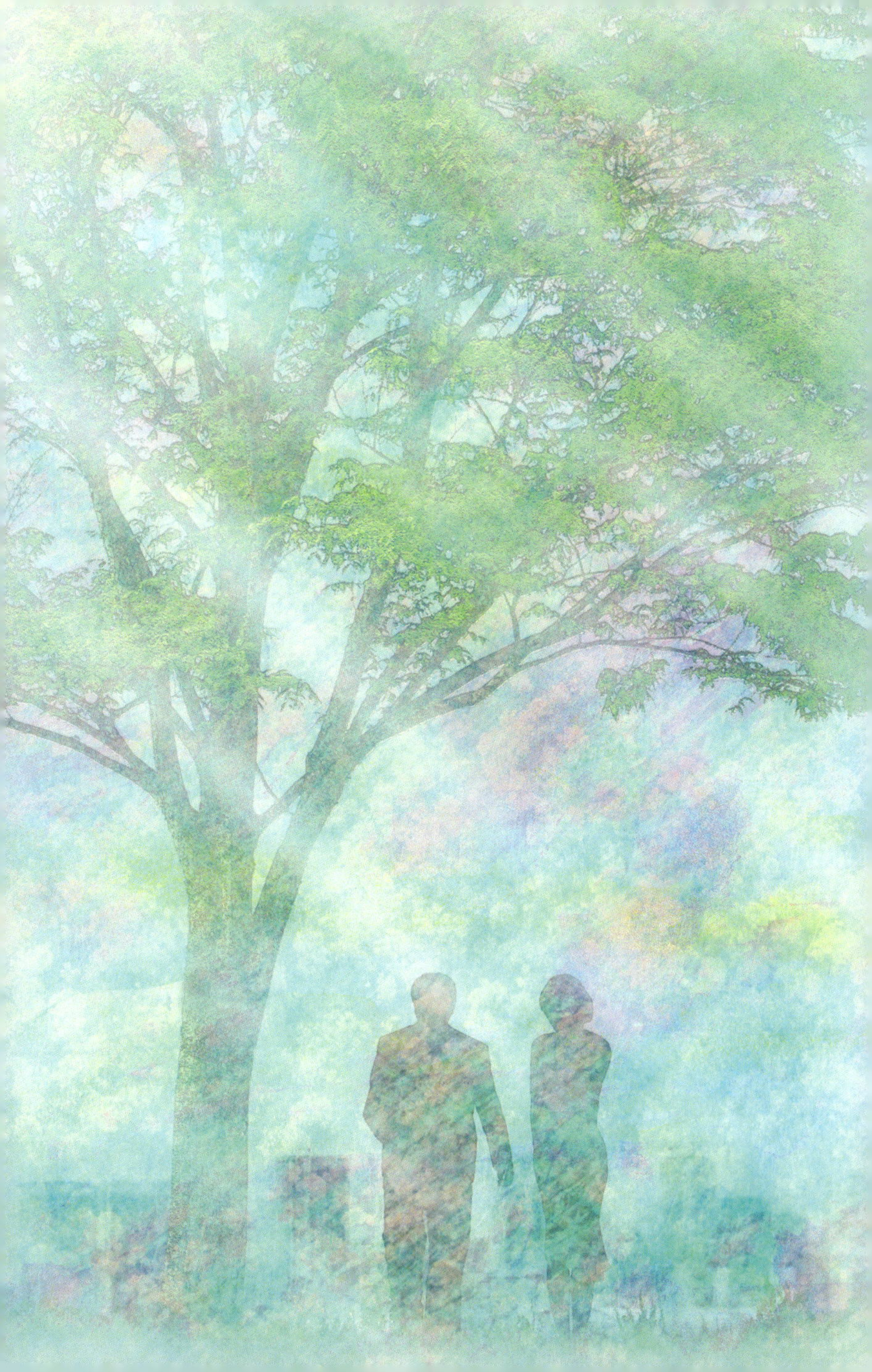

第七章

花火

大空の真ん中で、晩夏の太陽が海辺に光をまきちらしていた。いまだ席巻する入道雲は、空を支配するように悠然と腕組みをし、下界を見下ろしている。

その眼下には、白くのびる海岸線に沿い、公園のように整林された丘陵地帯が広がっている。ところどころに無機質なセメントの建物が立ち並ぶその場所は、夏休みのため学生の姿の見えない私立T医科大学キャンパスだった。

川田らの集まっている撮影現場は、大学の中庭にあたる藤棚に仕切られた東屋の一角。眩むような昼光と熱気の中に、三脚やクレーンカメラなどの物々しい機材と、七、八名の人の姿がある。

その真ん中に周囲に指示を飛ばしている女性の姿があった。頭に被せたタオルの上にすっぽり野球帽をかぶり、まるで上杉謙信のようないでたちで采配を振る彼女は、我らが映像監督・加藤美代子。

彼女は中庭を縦横に歩き回り、背伸びをしたり、しゃがんでみたり。さらに指をエル字に組みあわせフレームを形作っては、被写体との距離を測るなど、撮影に夢中になっている。そして何らかの得心があると、誰へともなく声を飛ばす。するとすぐさまカメラが動き、音声が後を追い、レフ板を持つ若い男が走る。加藤は時折カメラマンに近寄り、太めの身体を丸めてファインダーを覗きこむ。そのわずかな間にも、現場には照りつける太陽と晩夏の静けさが際立った。カメラの先、レフ板の集める光の中に、見目麗しいスレンダーな女性の姿があった。彼女には一人女性スタッフがくっついていて、照り返す彼女の顔を始終パフではたいている。

川田の課長就任後初の大仕事である研修ビデオ制作は、撮影も中盤となり、いよいよ佳境に差し掛かっていた。

*

感動的ともいえる偶然に導かれて再会した北山と駅までの道を歩いたあの日は、既に一週間くらい前のことになっていた。別れ際のどさくさに強引な出演依頼をし、その後川田は上り線の電車に乗り込んだ。そして降車するなりすぐさま加藤に連絡した。（北山さんなら誰がどう考えても適任だ！　加藤だって納得するはず）

その日加藤はたまたまオフだった。早速近くの喫茶店で待ち合わせ、事の次第を話した。

「フーン、悪くないかもね」

「どうだ、僕もちゃんと働いているだろ」

「しっかし、貴さんにも若い子に知り合いがいるんだね」

「何かおかしいか」

「別に。で、どこのどんな子なの。写真とかないの？」

「あ……やっぱり、要るよな。そういうの」

「あったりまえじゃない！　見た目や声は大事な要素なんだから」

「声はいいよ。保証する。で、見た目なんだけどさ」

そういって川田は北山の美しさや感じの良さを滔々と語り始めた。川田のまなざしの先には、カメラの前で笑顔をつくる北山、リハーサルで試しに美容液をつけてみる北山など、あまたの像が、かわるがわる浮かびあがっていた。客観的な説明など、もうどこかに飛んでいた。

加藤は目の前で繰り広げられる珍妙な仕方噺にしばらく唖然としていた。しかし一度口火を切った川田劇場は止まらない。

「アンタ、ちょっとアンタ」

「お、おお」目の前に手をかざし、ひらひらやってみせる加藤の姿に、川田は我に返った。

「しっかりしなさいよ。どこまで飛んでいっちゃうのよ」

「ごめんごめん。ちょっと空想が過ぎた」

「……まあいいわ」加藤はにやりとしたが、すぐにまなざしを仕事モードに切り替え、

「貴さんがそれだけ勧めるなら何も言わないよ。あの薄汚い女装の件もなくなるわけだし、まあ演技はアタシがなんとかするわ。で、もう会社には打診したの？」

「いや、まだだよ」

「じゃあアタシ、いま本決まりじゃないこと聞かされてたわけ？」

「まずは加藤に聞いてもらおうと思って」

「何言ってんの。さっさと部長に話して決済もらってきなさいよ。スケジュール押してるの分かってるでしょ」

川田は追い立てられるように喫茶店を掃き出され、すぐさま会社へ向かった。脳裏に美しい映像制作の情景を思い浮かべながら。

出社すると自分のデスクの上に一枚のメモが載せられていた。

『川田課長へ
ビデオの件、午前中に吉田本部長から連絡アリ。得意先専務の娘さんを起用するようにとのこと。まだ女優の卵だが有望だそうだ。連絡先等は以下の通り……
あとはよろしく　八木』

＊

「はあ……」

「どうした川田」八木部長が訊ねた。

川田はしばらく黙っていたが、

「何でもないです」力なく答えた。

川田と八木部長の二人は、撮影現場から二十メートルほど離れた講義棟の庇の下にいた。ひんやりとしたセメントの土間に腰をおろし、缶のアイスコーヒーを啜りながら加藤の仕事を眺めていた。

降り注ぐ夏の日差しは、盆を過ぎて幾分和らいだかのように思われたが、まだまだ厳しかった。八月終りの正午過ぎ。何もこんな炎天下に撮影しなくてもよさそうなものを。川田は数日前から加藤にそう言っていたが、「影のつき方が変わってくるのよ」と、取り合ってくれなかった。

急遽決まった女優役にも不安があった。

カメラの前で、その女優の『卵』が加藤の指示に従いウォーキングのリハを行っている。彼女が例の「得意先専務の娘さん」である。起用された経緯は――某日、吉田本部長が取引先の専務と会食をした際、社内ビデオの出演者について手を焼いていることを話したらしい。それを聞いた専務はいきなり写真を取り出し、自分の娘が女優の卵で、まだ未熟ではあるが周りからの評価は上々なので是非起用してほしいと逆に願い出たそうだ。本部長は今後の取引のことも考え、その場で話を決めた。本来なら現場に確認してから決めるのがスジだろうから、かなり政治的な判断だった──。

女優なり立てだか『卵』だか知らないけれど所詮は金持ち役員の娘、温室育ちが仇をして、暑さでヘソを曲げて帰るのではないかと川田は心配したものだ。しかし加藤がうまいこと誉めそやし、また案外それなりの資質と頑張りを見せ何テイクでも喰らいついている。

「何でもないってこと、ないだろう」

八木部長は再度尋ねた。苛立ちと不安の同居した声だった。

「何かあるように見えます？」そう聞き返す川田の声には、まったく精気がなかった。

「お前、さっきからため息ばかりついている」

事実、川田の胸は無念でいっぱいだった。北山理沙をキャストに起用できなかった──川田にとってこの失敗は、大きな落胆であった。

「はい、オッケー！」加藤の号令が耳に届いた。

「じゃあ次、切返しのアップのカット、上手からね。カメラさん、光が逆目になるけどキモチあおって。レフ板、日差し変わってきてるよ！」

スタッフたちがくるくると動く。『卵』さんには傘があてがわれ、その下でスタイリストが頬をはたいている。

「俺としては」隣で八木部長が言った。

「お前の女装も、おおいに『アリ』だと思ったぞ」

「はあ」川田は相槌を打ったが、心ここにあらずの態だった。

（こいつは何かをひきずっている）

八木部長は川田の横顔をまじまじと見た。川田は加藤の仕事をぼんやりと見つめていた。しばらくして、川田がぼそっと呟いた。

「ま、今さら、いいんですけどね」

（ん、一体、何がいいんだ……？）八木部長は不意の一言に面食らった。そしてしばらく押し黙っていたが、やがて耐え切れなくなったように、

「川田、お前の女装、いつかどっかで使おうな」

＊

「ただいま」

夕方、川田はロケを終えて帰り、自宅の扉を開くと、ちょうど蓉子が外出しようとしているところだった。

「あら、おかえりなさい」

「あれっ、めかしこんで、どうしたんだい?」

「ちょうど今出かけようとしていたところよ。ええと、夕飯だけど、おかずはラップして冷蔵庫にいれてあるわ。レンジで一分半よ。ご飯は炊けているわ、炊き立てよ。それに、お昼の残り物だけどお鍋にお吸い物が」

「ち、ちょっと待って」

玄関で未だに靴も脱ぎ終わらぬ夫に制され、蓉子はハッとした。

「あ、ごめんなさい。私ったら久々の同窓会で張り切っちゃって」

「同窓会?」

「先月から言ってたじゃない。今夜は市の花火大会。それにあわせて高校時代の女友達と会うって」

「ああ、言ってたなあ。思い出したよ。どうぞ、どうぞ。ええと、ヤスとトモは?」

「あの子たちもサークル仲間と花火鑑賞ですって」

「そうか……って、もしかして、今夜はぼく独り?」

「そういうことね」

「ひゃあ。みんなで敷物でも持って花火大会に行こうかと思っていたのに、今夜はそれぞれバラバラか」

「野菜室にビールが冷えてたわよ」

「知ってるよ。今朝出がけに自分で入れたんだ」

「おかずは一分半よ」

「さっき聞いたよ」

「あら時間がない。行かなくっちゃ。そういうわけで、ごめんなさい」

蓉子は一瞬夫に微笑みかけると、その脇をすっとすり抜け、踊るように表へ飛び出していった。

途端に家内がしんと静まり返った。川田は靴を脱ぎ家に上がった。

「やれやれ」部屋着に着替えを済ませた川田は冷蔵庫から缶ビールを取り出した。プルタブに指を掛け栓を抜こうとするその前に、一瞬テレビの上の時計が目に入った。

18：20

「なんだ、まだこんな時間か」

そうか今日は日曜日。撮影の立ち合いで仕事に出たため平日のような感じがしていたのだ。川田は時計を見つめたまま考えた。このままここでビールの栓を抜いたが最後、後はいい気分になってずるずると寝入ってしまうに違いない。花火大会の日にそれも残念だ。敷物とつまみを持って河川敷に陣取り、そこでビールといくか。なに、独りだって構わない。その方がむしろ気ぜわしくなくっていい。

十分後、川田は大きめのエコバッグに小さめのレジャーシート、冷えた缶ビール二本、その他適当に乾き物の袋を詰めこみ表に出た。西の空は茜色に染まり、風は幾分湿っているが涼しく心地よい。

河川敷が近づくにつれ、川田と同じ方向に向かう通行人の数が徐々に増えていった。浴衣のカップルや孫の手を引く老夫婦の姿。若者、家族連れ、塾帰りの高校生。みんなゆらゆらと揺れるように河川敷に向かっている。

ふと天を仰ぐと、明るかった空も暗くなってきていた。川田は堤の側面にある狭い階段のところにたどり着いた。列の後に従って慎重に階段を昇り、時間をかけ堤の上の歩道に出た。

川面には祭りの明かりが溶けるように映り込み、音もなくゆらゆらと漂っていた。歩道から川岸までの約三十メートルは芝の原っぱである。いつもは閑散として人影などなく、土曜の早朝にゲートボールの老人を七、八人見受ける程度の場所なのだが、今夜はびっしりと人間がひしめいていた。

川田は空いているところはないかと探し歩いたが、立錐の余地もないとはこのことかと、すぐにこの場を諦めた（おそらく二つ先の橋あたりまで歩けば、少し見づらいかもしれないけれどゆっくりできるだろう）。川田は堤の上を、人の波に逆らって歩きだした。

（しかし、これだけ人が多ければ）川田は肩からずり落ちそうになるエコバッグを掛け直した（もしかしたら、どこかに北山さんもいたりして……）。

そう思うか思わぬかのうちに、川田の頭の中には紺色の浴衣を身にまとう北山の姿があった。――彼女も普段の出で立ちから推し量ると、そうそう浴衣を着る機会はあるまい。堤の上を下駄履きでちょこちょこと、着物の裾を右へ左へ捌きつつ馴れないなりに懸命に歩く北山。暑気に少し汗ばんだ額をあげて、

「あっ、川田さん」なんて声を掛けられたら……、

とはいえ、浴衣を来た彼女の隣にジャージにTシャツでお腹の曲線が目立つ自分の姿を置いてみると……（ウ〜ン……あまり似つかわしくないか……）と首をかしげてしまうのであるが。

あれこれ考えながら歩いているうちに目的地の橋のたもとにたどりついた。予想通り、橋の辺りにはシートを敷けるだけの十分な広さがあった。川田は適当なところに丸めていたシートを広げ、陣の中央にどかっと腰を下ろした。

（さてと）川田は缶ビールのプルタブをおもむろに引いた。ブシッという音とともに泡が噴き出て手指を伝った。川田はあわてて口を運び、吹きこぼれたビールを啜った。（そういえば、メールの返事が来ないな。何かと忙しいか）

川田は今日の昼、ロケ先で北山に携帯電話からメールを送っていた。内容は『以前にビデオに

出演してほしいと頼んでおきながら、こちらの都合でキャンセルになった。了解以前のやりとりでしかなかったけど、とにかく変に気を揉ませてしまい申し訳ない』といったものである。川田は、自分の落胆などおくびにも出さぬようできるだけ事務的な文章にしたため、繰り返し読み返した後に送信ボタンを押したのであった。

「まっ、いいさっ」

川田はビールをぐっとあおった。ビールは喉を、食道を、胃を心地よく刺激しながら身体の中を下りていく。その時、ふいに携帯電話がブブブと振動した。（ひょっとして……）ほのかな期待が膨らむ。息を飲んで携帯モニタに目を遣ると見慣れない番号が。とりあえず出てみると、

「私、ワールド開発の小島と申します。とても有望なワンルームマンションのご紹介をさせていただいておりますが、少しお時間いただけますでしょうか……」

直ぐに「結構です」と断り電話を切った。（ったく、こんな時に。気分が壊れるなあ）その時モニターに再度目をやると『着信メールあり』の印が。歩いている時で気が付かなかったようだ。あわてて親指を忙しく動かしメールを開く。

（北山さんからのメール、もう来ているじゃないか！）

――『川田さんこんばんは。ビデオの件、気にしておりませんのでご安心くださいね。でも、あの時は突然のお話でしたので、正直少し胸がどきどきしました』

（よかった。気を悪くしていないかと心配していたから……）

川田はホッとした心持ちのまま、指を繰ってメール文面をさらに下にスライドした。すると二、三の改行の下に新たな一行があらわれた。

『今日は花火大会ですね』（しまった。もしかして、お誘いだったか？）さらにメールをスライドする。『今、わたしはＤＴＡのビルの屋上で、我が社の年中行事である花火鑑賞会の準備をちょうど終えたところです。一日中ばたついていたので、メールの返事も遅くなり申し訳ありませんでした。では川田さんも良い花火大会をお過ごしください』

（ふうっ、どっちにしてもやれやれだ）川田は再び、ビールを口に運んだ。

にわかに川向うの灯が消え、辺りは暗くなった。同時に周囲のざわめきが小さくなる。川田は静かな変化につられるように頭をあげた。

遠くでシューッと空気を裂く音。目が宙に釘付けになる。次の瞬間、一瞬地上を明るく照らし出し、夜空に大輪の光の花が現れた。と、たちまち大地を揺るがす爆裂音。色とりどりの火の粉が闇の中を瞬き、ゆらゆらと消えてゆく。川の両岸から歓声があがった。

――この花火を、今北山さんも見ているんだ。彼女、花火好きかな？

音、光、空気の振動。花火はいま山場を迎えた。誰もが一瞬のピークを目に焼きつけるため、夜空に目を見開いている。そして、大輪の花を咲かせた花火がほころび始めても、消えゆく火の粉の最後のひとひらが闇に溶けるまで、しっかりと見守っている。ほんの数秒に一つのストーリーを感じとっているかのように。川田は目が乾くのもお構いなしに夜空を見つめていた。

第八章

クランク・アップ

街は、夏の花火大会が済んでしまうと一気に秋に向けて流れてゆく。例えば、百貨店なら「夏物一掃」の横断幕がいつの間にか「秋物」をイメージさせるものに替わっている。繁華街を歩けば飲食店の店先に、旬のおすすめレシピとして秋の食材がちらほらと名を連ねはじめる。食欲の秋、芸術の秋と言われるように、秋はとかく人々の心が揺れ動きやすい。市場は刺激すればすぐに消費行動に結びつく。それゆえ、あらゆる業界がこのシーズンに全精力を注入するのである。

川田の属している化粧品業界も同様だ。毎年夏ごろから秋冬用の販促物の印刷が始まり、夏が終わるとともに販売店に配布される。前面に押し出されるのは看板商品の秋仕様。早い話がマイナーチェンジなのだが、それをオータムコレクションと銘打って全国展開するのである。チラシ・ポスター・カタログ・ポップ……準備されたこれらはすべて本社でロットを管理され、その後全国の販売店ネットワークに配送される。

川田が担当する研修ビデオ作りも、販促活動の一環であると言える。ただ、秋の化粧品業界は繁忙を極めるので、秋に制作するような教材は既に来春を見越したものとなる。春には新人の加入も多く、スタッフの教育は極めて重要となる。できる限り効率よくスタッフを育てる、或いはサービスレベルを向上させるには、こうしたビデオが有効なのだ。

川田の奮闘は終盤に差し掛かっていた。

取引先役員の娘さんを起用してのメインキャスト撮影を皮切りに、撮影はどんどん進んでいった。手足専門タレントを使ったイメージカット撮影、会社のコンセプトについての紹介シーン、幾種類にも及ぶ物撮りなどなど……。

「これまで収録した時間を合計したらどのくらいになるんだろう？」

「そおねえ」毛穴クレンジングのチューブを撮る傍ら、川田が呟いた疑問が、加藤の耳に届いたようだった。

「デジタルの時代になって気にしなくなったけど、昔はフィルムだったから、フィート幾らで財布と相談しながら回したものよ」

「へえ、もしフィルムで撮ってたら、幾らくらいになってるかなあ」

「さあね。あまりに昔の相場だから、見当もつかないわ……ちょっと、そこ影が入るからわらって」

「え？　えっと、こう？」

「何ニヤニヤしてんの……あ、馬鹿。わらうってのは『笑う』ことじゃない。そこから動いていなくなれってこと！」


撮影を続けるうちに、川田と加藤の間柄は自然と高校時代に戻っていった。加藤の男っぽい性格と川田の人懐っこさがうまく絡み合い、お互いが言いたいことを言い合えた。

「加藤ってさ、本当に化粧っけないよな」

ある時、撮影の合間に川田が尋ねると、加藤がふくれっ面して答えた。

「なにアンタ、これでも化粧水ぐらいは塗ってるわよ。何かそれで問題でもあるわけ」

「いやゴメン。そういう意味じゃなくって。加藤は化粧しないのに撮影では化粧の撮り方にもの凄くこだわっていてさ。知ってなきゃできないよ」

「は、そんなこと。アタシだって化粧にハマってたことぐらいあるわ。それにいくつも化粧品の映像を撮ってきたから経験値はそこそこあるし」

「これは恐れ入りました」川田は思わず頭を掻いた。加藤もまんざらでもないといった表情を見せた。川田はさらに、

「ところで加藤は化粧品の映像を制作する時、どんなことに一番気をつけてるんだい？」

「また大雑把な質問だこと。まあそうね、ターゲットがどの層かということかしら。つまり、独身女性向けか、既婚か。既婚も子供がいるかいないか。あとはターゲット層の年齢からアンチエイジングを訴求するかどうか、といったところかな」

「そうか、化粧品そのものより化粧をする人を考えるんだ」

「使う人の気持ちにならなきゃね。女性は化粧品に期待するわ。それを使うこと自体の期待感、満足感が大切なの。だから化粧する側への心理的アプローチは絶対よ」

「心理的アプローチねえ」

「例えば主婦の場合を考えてみて。子供を育てたり、親の面倒をみたり、まさに現実の世界を生きてるじゃない。だから、ふと別の世界に行きたくなるのよ。お化粧することで、なりたい自分をイメージしてね。悪く言うと妄想かもしれないけど、化粧品って別世界に旅立つ魔法の道具とも言えるわ」

「魔法か。何かファンタジーだな」

「そうよ。貴さんはそんな魔法の道具をみなさんにお届けしているのよ」

百戦錬磨の加藤は様々な業界の映像制作に携わっており、加藤が語る業界話は、好奇心旺盛な川田にとって驚きの連続であり、学ぶことも多かった。しかし、ときには川田の方から彼女に教えることもあった。そういう時の川田は夢中になって語り、加藤も黙って聞き入った。

撮影のチェック映像を二人で見ている時のことだ。川田がモニターに映し出される画面と手元のパンフレットを比較して首をひねっていると、加藤が言った。

「随分色味にはこだわるわね」

確かに川田は、構図やストーリー展開はほぼ加藤に任せきりだったが、色味だけは何度も画面をチェックして取り直しを頼んだりすることがたびたびあった。

「そりゃあ化粧品は色が命だよ」川田は待ってましたとばかり話を続けた。「一応化粧品屋だからね。色の見方についちゃあ目が肥えてきたよ。化粧品業界では、こういうパンフレットなんかも普通の四色の印刷じゃ正しく色が出ないから、特色といってオリジナルインクを使って印刷するんだ」

「四原色にプラスアルファね。でも映像は、加色混合といって三色でしか表せないけどさ」

「そう、そこが難しいとこなんだ」川田は大きく頷いた。「といって妥協できない。色の説明って思った以上に重要で易しくない。口紅を例にすると、口紅って衣装じゃないから色の種類って限られるだろ。でも微妙な色、明るさの違いがあって趣が違う。だからお客さんから《AとBの色って何が違うの？》とか《どうしてこの色が流行っているの？》とか聞かれたときに、分かりやすく夢のある答えを持っていないといけないんだ」

加藤は押し黙り、強い目で川田をじっと見つめていた。

「ど、どうしたんだよ」

「えっ……いや、貴さんも案外プロらしいところあるんだなって思ったのよ」

スタジオ撮影では照明を使うので熱が起こり室温が上がる。しかし同時に音声を収録する場合、冷房をかけると空調音が入り込んでしまうので、エアコンはあまり動かせない。しかもスタジオのエアコンがやや旧型で、加藤が微妙な音にも神経を使うため、ことさらであった。若干太り気味の川田は毎日これまでにないほど汗をかいた。

「この調子だと一週間に五キロくらいは減っちゃうな」川田は汗だくで苦笑いしながら、周囲に吹聴した。しかし、毎夜、風呂を済ませて体重計に乗るものの目盛はプラスマイナス三百グラム程度の変化しかみせなかった。

「そんなに簡単に痩せるわけないでしょ」何かの撮影の後で、加藤が汗を拭きながら言った。

「そうだよな」川田も汗を拭いていた。

「撮影で減量できるなら、加藤はもっとスリムなはずだし」

フルスイングの風切音――川田がすべてを言い終わらぬ前に、丸められた台本の冊子が、川田の脇腹に木こりの斧の要領で叩きつけられた。

スタジオに「ポコーン」と高く乾いた音が響いた。他のスタッフの薄くのばしたような笑い声がスタジオ内にさざ波をうった。川田も一緒になって笑っていたが、「ポコーン」という音と同時に川田の腹の肉がぶるるんと揺れたことは、川田のみが知る悲しい事実だった。


日々が撮影の連続で過ぎていった。振り返ると、川田がオフィスの自分のデスクにずっと座っていることなどほとんどなかった。ほぼ毎日、家とスタジオの往復であった。とはいえ、撮影の立会いと称して始終ボーッとしていたわけではなかった。おびただしい量の確認作業に追いまくられていた。

撮影と同時進行で制作されているＣＧやテロップ画面の文章内容に間違いはないか、コピーライティングに薬事法に抵触する表現はないか、引用する数値データに間違いはないか。チェックに継ぐチェックの連続。しかも、出来上がってきた画面は、ある程度まとまると逐一八木部長に報告しなければならない。

「よおし！　もうひと息だ」川田はしばしば自分をはげますように気合をいれた。

「やっと、少しは撮影に慣れてきたみたいね」

加藤が川田を振り返った。この頃になると、川田にガミガミ言うこともだいぶ少なくなっていた。彼女はスタジオの冷蔵庫から缶コーラを取り出し、川田の方へ放った。

「おーサンキュー。どうだ、だいぶ動きが板についてきただろ」

「ったく……まあ専門学校出たてのような昨日今日のアシスタントよりはましかもね」

「へへ、光栄です。加藤監督サマ」川田はコーラをキャッチして机に置くと、スケジュール帳に目を遣った。

「ところで、明日、『お客さまに喜んでもらえたエピソード編』を撮ったら全部終わり……だよね」

「撮影は、ね」

「じゃあ部長試写は明後日いける？」

「は？　何言ってるの。これから編集が始まるのよ」

「へ？　編集？」

「いままでの撮影はビデオの素材作り。編集して、音楽をあてて、ナレーションを録って……」

「だったら完成まであとどのくらいかかる、かな？」

「ナレーションの原稿に修正がないと仮定しても最低でも二、三週間はかかるわね。もっとも、修正がゼロってことは、まずないと思うけど」

「に、二、三週間！　うへえ。甘く見てた。たった二、三〇分程度のビデオ作りに、こんなに手間隙かかるなんて」川田は呆然とした。

――休みの日にゴロゴロしながら眺めているＴＶ番組も、これくらい苦労して作られてるんだろうなあ。これからＴＶを観る時は、敬意をはらって正座で観てもいいくらいだ。画面に映るアイドルやタレントなどは、制作のほんの一部。画面に映っていない監督、カメラマン、技術、ＡＤといった裏方こそ、本当のヒーローだよ、まったく――。

＊

壁一面の棚に並べられたカクテルグラスは、ダウンライトに照らされて淡い光を返していた。

カウンターに腰掛ける川田の前に、ジントニックに代わってウーロン茶が差し出された時、時刻は夜十一時を回っていた。右隣に座る加藤のグラスに目を遣ると、三杯目のギムレットがすでに半分くらいなくなっている。他の客はいない。マスターは川田にウーロン茶を届けると、何も言わずに奥に引っ込み、ワンセグのテレビに視線を戻した。

「ま、ほんと、撮影終わってごくろうさまでした、川田カチョー」加藤がにわかにグラスを合わせてきた。カチンと高い音が、くすんだ空気を鋭く打った。

今から五時間ほど前の午後六時ごろ、すべての撮影が終わった。スタジオの撤去が済むとスタッフ総勢で居酒屋へ赴き、盛大な打ち上げ。勢いづいた二次会があっという間に終わって、このバーは加藤と川田だけの三次会だった。

「加藤。おまえ随分酔ってるな」

「いいのいいの。明日は休み」

「こっちは仕事だ」

「ふーん、がんばってねー」

「励ましながらアッカンベーするのはよせよ」

「アンタの会社も、二次会までもってくれるなんて、いいとこあるじゃない」

「八木部長がさ、撮影スタッフ皆さんの休日返上の頑張りに配慮してくれたんだ。短気で堅物なんだけど、そういうところはちゃんと見てくれる人でね」

「映像の業界じゃあ、撮影が終わったら一先ずその晩に打ち上げ。これ常識よ」

「そうなのか？　編集まで全部済んでからじゃないんだ」

「現場スタッフの中にはフリーの連中もいて、彼らは撮影が終わると、この案件から離れることになる。全部済んでから声掛けたって、別のロケでとっくに海外……なんてことも。それじゃあ薄情だから、撮影が済んだらひとまず打ち上げをするの」

「ほおっー。そうやって人を大事にするわけか。情の世界だねえ」

「そうだよ。助けたり助けられたりの世界だから。フリーはとくにね。もっとも、全部済んでからも打ち上げはやるんだけど」

「なあんだ。やっぱりそうか。それはそうとさ」

ひとしきり映像業界の話を終えると、川田は静かに語り始めた。

「このところ、いろいろなことがあったよ。長年勤めている会社で今年思いがけず課長に昇進できた。息子が二人とも無事大学に進んでくれた。それに、長らく面倒をみていた母も二年前に他界して……一家四人そろって十年ぶりに、しかもカナダへの旅行を実現できたし、長年の夢だった友人ポールとの再会も。みんな、ずっと気にかかっていたことなんだ」

「いままでコツコツ生きてきたことが一気に花開いたみたいな？」

「うーん、『花開く』か。嬉しいけど、そう言うとあとは枯れてしまうだけみたいだな」

「じゃあ、コツコツやってきた一つ一つが、小さな実りとなって、次のステップに広がっていこうとするような？」

「そう大げさに言わなくたっていいよ」

「ちょっとオーバーだったかしら。でもさ、あたし、アンタのこと高校のころからずっと知ってるけど、昔は『将来一体どんな人間になるんだろう。きっと普通じゃないよ』なんて勝手に想像していたわ。でも今や立派に大手企業の管理職なんだからさ」

「おいおい、俺ってそんなに駄目だったか？」

「駄目っていうか、発想や行動に普通の人とちょっと違うところがあったわね」

「まあたしかに。今の職場でもたまに自覚することがないでもない」

「そうね。こないだの女装なんて典型的ね」

「……まあいずれにしても、今回カナダから帰ってきて、人生の、この三十年間の区切りがついた気がして。それで何か記念になるものを作れないかなと思って」

「……はははあん」加藤は頬杖を解いて腕組みにかえ、神妙な顔をして川田の瞳の奥を見据えた。

「貴さんも、思うようになったわけ？」

「へ？」

「このくらいの年齢になると、作りたいと思うようになるらしいわね」

「？」

「アタシはまだ全然そういう気持ちにはならないけどな」

「気持ち？」

「縁起を云々言う人もいるけれど、流行もあるのかも。最近たまたま週刊誌でそんな記事を読んだわ」

「……おい。いま頭の中に、何が浮かんでる？」

「何ってアンタ、お墓でしょ」

「ちがうよ。そういうもんじゃない」

川田は目をまん丸くした。

「エッ、じゃあ何？」

「知りたい……か？」

「そこまで言っといて、いまさら何をためらうのよ」

「……笑うなよ」

「笑わないわよ」

「絶対だな。実は」川田は眉を顰め、声を落として加藤に顔を近寄せた。そしてひと言、

「ＣＤを作ろうと思うんだ」

プッ。


「おい、笑わないと言っただろ」

「ごめんごめん。こ、こういう会話の流れで噴き出すのは『おやくそく』でしょ」

そっぽを向いた川田の肩をさすりながら、加藤は笑いをこらえて弁解した。

「だって、あまりにも突飛でさ。ＣＤって聞いて頭の中が真っ白になったの。その真っ白が頭の中にいっぱいにたまって、口からちょっと漏れて、それで『プッ』という音が」

「嘘つけ。口から白いものなんて出っこないだろ」

「喩よ、喩。さ、気を取り直して」

加藤は川田の身体を正面に向けた。

「で、ＣＤってのは、貴さんが作詞作曲をするわけ？」

「違うよ」

「唄うの？」

「もっと違う」

「じゃあ、何を？」

「歌や楽器なんてハナっから無理だし、作詞作曲でもできれば格好いいけどさ。そうじゃなくって、なんというか、自分自身の記念碑になるようなものを。この三十年を振り返って、自分の好きな音楽を選んで、編集して一枚のアルバムにしたいと思ってるんだ。ちょっとそれらしくプロに編集してもらって」

「ふうん」加藤は穏やかな目つきで川田の横顔を眺めた。「いままで突っ走ってきて、ちょっと振り返ってみたくなる感じ？」

「まあ、そうだな。加藤もそんなこと思ったりしない？」

「うん……そうね。これまでは、やらなきゃいけないこと、守らなきゃいけないこと、それ自体が人生の目的だったわ。でも、このくらいの年になるとさ、そうしたことをやってきた連続、大切なものを守ってきた歴史……そういう人生のプロセスみたいなものに意味を感じたくなるのよね」

「分かってくれるなら、協力してくれよ」

「いいよ。知り合いの音楽編集プロダクションの社長に聞いてみるわ」

「本当？　本当か？」川田は思わずカウンターチェアから立ち上がり、両手で加藤の手を掴みぎゅっと握りしめた。

「いやあ、言ってみるもんだな。ありがとう」

「やれやれ、やっと笑顔が戻ったわね」加藤は手を固く握られたまま言った。

「さっき笑うなと言われたのに笑っちゃったから、その埋め合わせね。まあ、やれるところまでやってみるわ」

「あと、できることならCDジャケットのデザインなんかもそれなりのクオリティーでやれたらいいなと」

「ねえ、貴さん。ちょっと質問なんだけど」加藤が訊ねた。

「そのCDは自分のために作るっていうのにさ、どうしてそこまで出来にこだわるのさ」

「えっ、そりゃあ、記念として作るわけだし……」

「それだけ？」

「その……友人にもあげたいし」川田の目に困惑の色が浮かんだ。

「友人？」一瞬の表情を見逃さなかった加藤は、うかがうように目を細めた。

「その友人って誰よ？」

「いや、それはその……」

歓喜から一転し、川田は突然無口になった。目は中空に向けられたまま、まばたきを繰り返し、指先は自分のグラスの淵のあたりを行ったり来たりした。加藤はその様子をじっと見つめていた。

やがて川田は、加藤の不動の視線に耐えきれなくなったようにぼそぼそっと、

「ある、知り合いの女性に」

「アンタ前にさ、メインキャストがキャンセルになった時、候補にいい子がいるって言ってたよね」

「ん？　そうだったっけ」

「何言ってんのさ。忘れたとは言わせないわ。あんたその時えらく興奮していたわね」

「興奮？」

「とぼけたって駄目よ。ほら、いまだってだんだん顔が緩んできた」

川田は敢えて両手で両頬を包んでおどけてみせた。がしかし、事実自分の両耳が熱くなっていくのが分かった。

「貴さん。白状しなさい。アンタ、その子に入れ込んでるの？」

「いやいや、入れ込んでるなんて」川田は両手をかざして左右に振った。

「彼女はれっきとしたＯＬで、いたって真面目な人だよ」

「ＯＬに〝れっき〟も何もありはしないわよ。で、どこで知り合ったわけ？」

「どこって、どこでもいいじゃないか」

「後ろめたいから言えないの？　ってことは、夜のお仕事？」

「ちがうってば。旅行代理店の子で、こないだ家族でカナダに行ったときお世話になったんだ」

「ふうん。でもそれだけで『ビデオに出てよ』なんて言えるかしら。あ、もしかして、その子と仲良くなりたくて、ビデオの話を持ち掛けたんでしょう」

「そ、そんなことないよ」

「じゃあ、どうしてよ」

「そ、それは……」川田は思わず唸った。そして決心したかのように「うーん。まいったな」

川田はぽつりぽつりと話しはじめた。北山のことは、以前から仕事上で知っていたが、カナダ旅行の手配から親しさを増し、いつの間にか頭から離れなくなったこと。彼女に何か自分の想いを伝えたくなったことなど。

加藤は神妙な面持ちで言った。

「人の気持ちだからどうこう言って変えられるものじゃないけど、友人として言っておくよ。そんなことをして、もし彼女が本気になってしまったら、それを受け入れる覚悟あるの？　貴さんのような一途なタイプが、案外危険なのよ」

覚悟？　危険？

思いがけない言葉に川田は動揺を隠せなかった。

「ええっ、まさかそこまでは。自分には家族もいるし。それに、彼女だって……」

「彼女だって？」

「年も二回りほど違うわけだから」

「そのくらいの年の差カップルって、最近じゃ珍しくないわ」

「カップル？？　そんな……芸能人でもあるまいし」

「貴さん。こういうことをやる時は、最大のリスクまで考えてやらないと」

「僕としては、ちょっとだけ、ほんのちょっとだけでいいから、知ってほしいなって」

「ちょっとって、何を」

「いや、その」川田は深く息をついてから呟くようにいった。

「僕自身、ごく普通のオジさんにすぎないんだけど、他のごく普通のオジさんたちよりは、ちょっとだけ僕のことを、知ってほしいなって。いや、なにも特別なことじゃない。恋とか愛とかみたいな特別さじゃない。でも……ちょっとだけ特別でありたいというか、いやあの……あれ？なんだか何を言っているのかわけが分かんなくなってきた」

「分かった、分かった、もういいよ」加藤は川田の肩口を思い切りトンと叩いた。

「とにかく、CDは作ろう。なんだかアンタがまごつくのを見ていたら、放っておけない気がしてきたわ」

「頼むよ。あの、変な下心はないんだから」

「ハイハイ。でも貴さん、なんかすごく嬉しそう。仕事の時と大違いでさ、目がキラキラしているわ。さあ、そろそろ帰りましょう。マスター、ごちそうさま。この人が全部払うってさ！」

第九章

鈴木を訪ねる

「いい球だ！」

乾いた音とともに、低く構えた川田のミットに森田の鋭いストレートが飛び込んだ。途端、掌にチリチリと焦げるような感触が走って、川田はたまらなく懐かしい痛みを思い出していた。

「森田、肩のチカラは昔と変わらないな」川田はでっぷりしたおしりを突き出して振りかぶり、いかにも仰々しい投法でボールを投げ返した。狙いあやまたず、白球は森田の胸元のグラブに飛び込んだ。

「川田、お前もその野茂っぽい投げ方は変わらないな」

「何言ってるんだ。この投げ方、野茂より僕の方が先なんだよ」

「確かに、みんなから『しりっぱしょり投法』とか言われてたな。その尻の上がり方がお前の調子のバロメータだったよ。じゃあ、この玉は捕れるか？　ほれっ」森田はアンダースローから低めに放ってきた。

川田は前につんのめりながら体勢を低くし、地面すれすれのボールを何とかキャッチした。

「ひええ。超スローボール。お前、こんな球、高校のころ投げていたっけ？」

「いや、実は最近会得した」

「すごいな。まだまだ進化を続ける野球少年だよ。ずいぶん太くはなったけど」

「太いは余計だ。そういう川田も……っと。ほら、いい球放れるじゃないか」

「ああ、いまでも月イチくらいは草野球に顔を出してる。だから動けるといえば動けるんだ……おっと、あぶない」

「あの頃はよかった。毎日無邪気でさ。何をやるにも馬鹿みたいにのめりこんで、帰りが遅くなって母ちゃんに叱られたもんだ」森田が思わず腕を組んで懐かしんだ。

「そうそう。スポ魂という言葉が、まだ純粋に受け止められていた頃だ」

「素振り一千本とか、タイヤ引きずってグランド十周とか、そういうことに意味を見出していたな。今じゃさすがに考えられん」

「僕はいまでも見出しているよ。それっ」

「おおっ?」力んでグリップが早めに外れた川田のボールは、嘘のように上へとカーブし、天を指して小さくなった。森田は目を白黒させながらまるで外野フライを捕るように両手を高く差し伸べ、なんとか頭上でボールをキャッチした。

「相変わらず訳の分からない男だな。今の、どうやったんだよ」

「ええと」川田も目をパチクリさせた。

「普通に意外性だよ」

「いい汗かいたな」

そう言って森田は応接テーブルの上に麦茶を置いた。まだ残暑厳しい折、湯呑の中で氷が揺れて、縁にあたりカチンと小さく音を立てた。ソファに掛けていた川田はさっそく手を伸ばし、冷たい麦茶で喉の奥を潤した。

「ああ、生き返る……素晴らしい日曜日だ」

夕刻、森田の不動産事務所には西日が深く差し込み、部屋中茜色に染め抜かれていた。

「夕方は暑くなって仕方ないし、第一床面が焼ける。だから俺は西向きの物件はお客にあまり薦めないんだ」森田はいくつかあるブラインドを半分程度ずつ絞っていった。川田はそれを黙って見ていたが、部屋の中から黄金色の光が徐々に消えていくのを惜しく思った。ブラインドの調節が済むと、森田は事務所の奥に引っ込んだ。

長年同じ町内に住んでいながら、森田の不動産事務所を訪れるのは初めてだった。川田は事務所の中を見渡した。壁一面に町内の不動産情報が貼り出されている。たしかここは、親父さんの代から不動産屋だから、町内では長い方なのだろう。

川田の知る限り、中学高校時代の森田は、地味な商売を地道に続けるようなタイプではなかった。どちらかといえば、猪突猛進、勢いで物事をこなすというイメージだった。そんな男が大学卒業後、すぐに親父に死なれて実家を継ぎ三十年あまり、ずっと自営で戦ってきたことに川田は改めて感心した。自分のサラリーマン人生とは全く違う世界だ。

そんな思いに浸っていると、奥から森田が戻ってきた。

「これだろ」そういって差し出した大判の封筒の中を覗き込むと、一枚のレコード盤。ちらりとラベルを見る。

「そう、これだ、これ！」川田は興奮して顔を上げ、森田の目を見た。森田は満足そうに川田の反対側に腰を降ろし、湯呑の麦茶をぐいっと一息に飲みほした。

「昨夜加藤から電話が来た時は何かと思った」森田は口元を二の腕で拭い、湯呑をテーブルに置いた。

「なんでも、お前がどうしても聞きたいレコードがあって、それがおれの家にあるはずだと。なんであいつはそんなこと知ってるのか、驚いたな」

「いやあ、加藤の高校時代の記憶力は半端ないよ」川田はレコード盤を覗き込みながら言った。

「最近も、自分さえ忘れてた恥ずかしい思い出をみんなの前でしゃべりだして、いや参ったよ」

「でも分かる気もするな。最近昔のことを妙に鮮明に思い出すことがある。俺も今回の件で、加藤について一つ思い出した。確か、高校二年の二学期だったかな。加藤の親父が車を買って、駐車場を探しにうちに来たんだ。そんときに、うちの親父と加藤の親父で音楽の話になって……それをあいつ覚えていたんだろうな」

「なるほど。ところでこのレコード、だいぶ古いみたいだけど、ちゃんと聴けるのか？」

「ああ、大丈夫だ。昨夜聴いてみた。ノイズもほとんどなかった」

「そうか、ありがとう。じゃあ、借りていくよ」

「おお、こっちこそ。キャッチボールなんか付き合わせて悪かった。お前の顔見たら、妙に野球部時代が懐かしくなってな」

「はは」川田は、レコードの入った封筒を脇に置き「楽しかったよ。お互い、思いのほか動けたし」

「そうだな、自分だけでなく、同い年の仲間が同じように動けるということが分かって嬉しかった」

「やっぱ健康第一だよな」

「あ、健康といえば」森田はわずかに声のトーンを落として尋ねた。

「鈴木のこと聞いているか？」

「鈴木？」川田は頭を傾げた。「いや、何も。こないだ四人で飲んだきり連絡はとってないけど」

「そうか」

「何かあったのか？」

「あいつ、入院しているらしいんだ」

「えっ……確かにだいぶ痩せていたし、仕事もしてないと言っていたが……」

「そうなんだよ。俺も何かあるんじゃないかなと感じてはいたんだが、どうやらそのとおりだったらしい。しかも、結構悪いみたいなんだ」森田は眉間の皺を深くして表情を曇らせた。「と言っても、詳しいことは分からん。直接本人から聞いたわけじゃないんだ。うちの物件を借りている人が、もしかしたらそうじゃないかってな」

「見舞いに行かなくていいかな」

「考えものだ。もしかしたら本人は入院のことを内緒にしているかもしれないぞ。そうなると、どこで聞きつけたってことになる」

「それはそうだけど」川田は一瞬考え、「だったら、ちょうど鈴木に聞きたいことがあるんで……鈴木を訪ねていったら病院にたどり着いたことにすればいい」

「うん。それなら自然だろうな。しかし、おい、鈴木に聞きたいことってなんだ？」

「えっ、いやあ……それはお前には言えないよ」

「なんだよ、水臭いな」

「水臭かろうが、何が臭かろうが、言えないよ」

*

社内ビデオの編集は順調に進んでいた。ナレーションの録音も終了し、あとは全体のバランスを整えるばかりとなっていた。ここまでくると、映像はそのほとんどが編集者の作業となる。加藤と川田は毎日スタジオに集まりはするが、一日の大体の予定が決まると、それぞれがそれぞれのことをした。川田はスタジオの一角を借りて本来の事務作業をしていたし、加藤は自分の企画作りとともに例のCDのことも考えていた。

「映像制作ってのはね」ある日二人で休憩室にいるとき、加藤がインスタントコーヒーを飲みながら言った。

「構成をきちんと立てて撮影をしっかりやれば、編集はラクなものよ。仕上がりも上々。これが構成と撮影がいい加減だと、すべての負担が編集にくる。おまけに仕上がりは悪い」

「なるほど。素材作りが大事ってことか。料理に似てるな」

川田は休憩室の半分以上を埋め尽くす機械の基盤やモニター、スピーカーを眺めていた。ほとんどが旧式のもので、埃をかぶっていた。

「今度のCD作りも一緒よ。分かってるの？」と、やや不満げな加藤。

「おいおい。なんだよ突然」

「貴さんの作りたいっていうCDのコンセプトが、アタシにはいまいち見えないのよ」

「だから言ったろう。コンセプトはぼくの人生三十年の節目の……」

「それは聞いたけど、コレ、キタヤマってコにプレゼントするんでしょう。五十過ぎたオッサンの節目の音楽集が、彼女の心にどうアクセスするのか、甚だ疑問だわ」

「でも」

「でも何よ。楽曲そのものを現代風にアレンジするならいざしらず、当時の素のままの音源で、二十代の女の子にどう反応しろってわけ？　だいたいさ、アンタの並べたラインナップのうち半分は、彼女が生まれる前の曲よ」

確かに、川田の選曲は、あまたの曲から迷いに迷いながらも自分のベストと思えるものに絞った二十曲で、洋の東西・時代を問わないバラエティ豊かなものだったが、反面雑然とし、全体としてはオールドファッションとも言えた。

「そう言われても……別に彼女の好みに合わせてプレゼントを作るわけではないし……。それにいい音楽は聞き継がれるものだろ」

「そりゃそうだけどさ」

悶々とする加藤を、川田がそこをなんとか、そこをなんとかとなだめすかした。加藤は、どこか納得がいかないようであったが、それでもとりあえず制作を続けてもらえることにはなった。

川田は、自分の選んだ様々な曲が一体どんなふうに編集されるのか、はたして本当に一枚のまとまったアルバムになるのか、気になって仕方がなかった。そこである日、まだ完全に音源がそろっていない状態ではあったが、加藤に紹介してもらい、音響の専門会社Tサウンド社を訪問した。

案内された部屋には、膨大な数の、ありとあらゆるジャンルのCDが壁棚いっぱいに整然と並べられていた。

(効果音だけのCDってのもあるんだ) 川田が感心して棚を眺めていると、社長の伊藤が現れた。いわゆるロマンスグレーの紳士風で、歳は五十前後といったところか。

「これは、ようこそ」

「初めまして川田です。今回はご無理を申しまして」

「まあ、どうぞおかけ下さい」

「すみません。どうぞよろしくお願いします」

「お話は、加藤さんから伺っております」

「そうですか、あのぉ、少しは、作品らしいものにしたくて。その、多少客観的に、人に聞いてもらえるように」

「ははは、こういうものは、その人の気持ちが大事なんですよ。だから、あまりこちらで取捨選択はしない方がいい。主観的でいいんですよ」

「はあ、おっしゃることは。ただ、ちょっと曲の選択が独りよがりでないか心配で……」

「その独りよがりがいいんですよ。独りよがりが」

本当にそうなのか、今一つピンとこない感じの川田に対し、伊藤は、

「では、今用意してあるものでちょっとやってみましょう」と言って、川田を編集室に案内した。

その部屋は、コンピューターにコンポ卓、いくつかの波形をまとめて表示したディスプレイなど、川田が見たこともない音響機器が並べてあった。伊藤はコンピューター前の椅子に座ると、画面に表示されている音の波形を見ながらキーボードを操作し、曲を巧みにつなぎあわせていく。

「へえ～、この波の大きさで切るところを判別するんですか」

「そうです。ただ、こういう仕事やっていると、一曲通しで聞くようなことが減って、何か作業然となってしまいましてね」

「私なんか、CDを贈る人を感激させたいと思っていたのに、いざライムライトやエーデルワイスなんか聞いたら、自分の方が泣けてきて……もう涙腺がずいぶんゆるくなったみたいで」

「いや、それは素敵なことですよ」

黙々と作業を続ける伊藤。それをじっと見つめ、時々曲のフレーズを切るところの確認を受ける川田。一時間ほどして、

「まあ、ざっとこんな調子です。まだだいぶかかりそうですな。あいにく、今ちょっと仕事も立て込んでいまして。しばらくお時間いただけますか？　また粗編集が終わったらお知らせしますので」

「大変お手数かけしますが、よろしくお願いします」

Tサウンド社からの帰り道、川田は、（いやあ、すごい。さすがプロだ。どこでつないだのか全く解らない）と感心しながら歩いていた。そして、伊藤社長が言った『主観的でいいんですよ』という言葉が頭に残った。

さて、CD制作の方はこれでいいとして、川田にはもう一つ大きな問題があった。帰宅するなり、川田は自宅のリビングで一人思い悩んでいた。

（このCDを北山さんに、一体どんな顔をして、何と言って渡すべきか。いきなり、『CDを作ったから』と言うのもなあ。趣味が作詞作曲とかで音楽に自信があればまだしも、それこそ『えっ何のCDですか？』となるだろうし。困った）

川田は腕組みをしてずっと考え込んでいたが埒が明かず、気分転換に自分でお茶を入れた。そして、ちょうどそばにあった堅焼き煎餅をバリバリとかじった。

（それに、どうやって今の気持ちを説明するのか……ウーン今の気持ちか……）

バリバリとかみ砕く音は続いたが、結局は何も具体的なことは考えつかなかった。

そうしているうちに、ふと蓉子のことに思いが至った。

（もし蓉子に、「今僕の周辺に素敵な人がいて……」てなこと話したらどんな反応を示すんだろう？

「あなたって人は！」なんてヤキモチやいて怒るかな。いや、それはないな。「そんな若くてきれいな人が、お父さんを相手にするわけないでしょ。ふふ、あるとしたら援助交際かしらね」とか言われるのがせいぜいか。まあ、ごもっともだが）

川田は、残ったお茶を飲みほした。

（しかしまいった……誰かに相談できないか……男ごころを理解するよきアドバイザーはいないか）

その時、ふと思い浮かんだのが、同級生の鈴木であった。

（達人がいた！）

＊

街路の銀杏は薄緑を残し、徐々に山吹色に変化する準備を始めている。秋はすぐそこのようだった。

日中の暑気も落ち着く四時過ぎのこと、川田は市内の編集スタジオから市立総合病院までの道のりを歩いていた。距離は約二キロ、歩けない距離ではない。それに目的の病院の周辺は、街中と違いおよそ郊外の雰囲気で、今日のような陽気に歩くのは特に気持ちがいい。彼は物思いに耽りながら往来を進んだ。

市立総合病院の一般病棟は、ちょうど夕食の配膳で慌ただしい様子だった。彼は柱向こうのナースステーションで鈴木の名を尋ねた。ある程度の事は森田から聞いていたとはいえ、病名も容態もわからない。もしかしたら面会を断られるかもしれない。しかし、そんな心配をよそに、看護師は鈴木の病室の番号を極めて事務的に教えてくれた。

川田は言われた番号を探して病院の廊下を歩いた。番号の部屋はすぐに見つかった。病棟五階北側の一番奥の個室だった。閉ざされた扉の桟の右上にワープロの文字で【鈴木寛治】の名があった。

病室入り口の名札は、入院患者のプライバシーを配慮して記名しないケースも多い。それは各患者の裁量に任されるのだが、鈴木が自ら許して掲示していると考えると、川田の胸のうちにわずかながら安堵の気持ちが起こった。

鈴木寛治――川田・加藤・森田と高校の同級生である。学校で『最強にして最狂のプレイボーイ』と呼ばれた男であった。容姿は今風にいう「イケメン」で、性格は優しく聞き上手。基本的に寡黙だが、たまに口を開いて出る言葉はいつも的を射ており、しかも抒情的ながらキザではないという反則級の業物だった。そういう人柄なので異性からモテるのだが、だからと言って同性からやっかみをうけることはなく、むしろ慕われていた。

♪男が惚れる　男でなけりゃ　粋な年増は　惚れやせぬ

当時、実家が不動産屋の森田は、家が鈴木と同じ方向で、登下校もよく一緒だった。そのため か、女子から幾通ものラブレターを預かった（そのうち一通として森田自身に宛てられたものは なかった。一通も！）。その精神的な苦労人である森田が、鈴木を評して唄った都々逸！が前述 の謡である。のちに何かの文学作品の剽窃であることが発覚したが、にもかかわらず大した非難 が起こらなかったのは、誰もがこの謡を「そのとおり」と納得したからであろう。あるいは、あ まりに眩しかった鈴木の存在の前に、あらゆる言説は戯れ言にしか聞こえなかったのかもしれない。

そしてその特殊性は、彼が高校三年時にもなると不可知論的なレベルにまで高まっていた。彼 について分析しようとしても、光に飲みこまれるような感覚を前に客観性を失ってしまう。その 威徳たるや、女教師たちの間にも噂が流れるほどであった。

もっとも、それらはすべて遥か昔のこと。今なおそれだけの威徳を維持しているかは分からな いが、川田としてはどうしても鈴木に聞いておきたいことがあった。

「——っす」

高校の野球部員のように音の磨滅した挨拶で、川田は病室の扉を開けた。

「ああ、誰かと思ったら。まさしく珍客だな」

鈴木はベッドの上に上体を起こし、雑誌を読んでいるところだった。特にあわてた様子もなかった。川田は病室の中に入った。窓から夕方の光がさして、鈴木の顔や肩に明るい色を投げかけていた。確かに痩せてはいるが、この間四人で会った時とさほど変わらない。

「よく俺が入院しているってわかったな。一体誰が」

「一体誰がも何もないよ。何で教えてくれないんだよ。水臭いな」川田はわざと若干鼻息を荒げて言い放った。

するとさすがの鈴木も「悪い、悪い」と苦笑し、それ以上どうしてここにたどりついたのかを問いただしてくることはなかった。

川田はベッドサイドにパイプ椅子を広げ、腰を下ろした。そして改めて友人の顔を見た。もともと細い男だったが、それがなおさら痩せ、やつれている。白髪交じりの髪は、固まって太い束になり、額に垂れ下がっている。目は相変わらず吊り目だが、瞳の奥はかつてより優しげだった。首筋には右の鎖骨あたりから管が伸びており、その先は二つに分岐し、それぞれが点滴につながっていた。こういった状況から、この患者は飄々とした様子ではあるが、決して芳しい状況ではないことがうかがい知れた。

「入院して、だいぶ経つのか」川田は静かな病室を見廻しながら尋ねた。

「二週間くらいかな」鈴木は手にしていた雑誌を傍らに置いた。「その二ヶ月前に半月。その半年前に一ヶ月。入退院を繰り返しているよ」

「ふうん」

「身の回りのことは、奥さんが来るのか」

「来ないよ」

「どうして」

「だいぶ前に別れたのさ。もう二年になる」

「じゃあ、お前の面倒は、誰が」

「その、なんというか」鈴木は微笑んだ。「いろいろな人が俺に優しくしてくれてる」

「相変わらずのプレイボーイなんだな」

「俺は昔からそんなに身体が丈夫じゃない。だから、俺という生物は生存するために自然と周囲から情愛を引き寄せるような感性を身に着けたんだろう」

「森田も、お前が入院していることを知ってる」

「ちがうだろ。もともと森田が知っていて、お前に言ったんだろう」

「えっ、どうして分かるんだよ？」

「昔から俺たちの間柄ってそうじゃないか。いつだって噂の発信源はあの男だ」

「相変わらず鋭いな。普通プレイボーイってのは、肉食動物のように獲物に狙いをさだめて突進するもんじゃないのか。なのに、お前はいつも冷静に、広い視野で観察している」

「全然分かってないな」鈴木はかぶりを振った。

「まず第一に、俺は自分のことをプレイボーイだと思っていない。第二に、プレイボーイってのは、対象に対する執着じゃなく、何らかのものに執着している自分への偏愛が根本原理だ。第三に」

「お前と話しているとわけが分からなくなるよ」

川田は「もういい」と手のひらを振ってみせた。「いずれにせよ、鈴木の方が僕なんかより人間的視野が広くて、羨ましい」

「はは」鈴木はうれしそうに笑い、「なんだかんだ言って、川田は妻も子もあり順調なサラリーマンとして世知辛い社会に竿さして生きている。その点俺は孤独な病人だ。どちらがいいかと言われれば、みんな川田の人生の方を選ぶんじゃないか」

「そりゃあ今は入院してこういう状態だからな。今だけならそういう風に思うかもしれないけど、退院してまた元の生活に戻ったら違ってくるよ」

「退院か」鈴木は、胸のあたりに垂れていた点滴の管を軽くつまんで整えた。

「そんな暗い顔するなよ……と、今日はそんな話をしに来たんじゃない。鈴木の感性にあやかろうと、ちょっと尋ねたいことがあって来たんだ」

「感性にあやかる？　いったい何だ」

「実は……」

川田はオリジナルCDを作っていることを話した。加えて北山のこと、彼女にCDを渡そうと思っていることを話した。

「CD?」鈴木は吹きだした。

「えらくくさいなあ。今日日そんな伝え方があるのかね」

「そう言うなって」

「まあ、分かるよ。川田らしい。高校の時もそんなだったよな」

「鈴木だったらどうするか、それを教えてくれ」


「……いやあ。なるほど」

「な」

「うん。今日は聞きにきて正解だったよ」

「事成りしあかつきには、ちゃんと報告に来いよ」

「もちろんだ」ひとしきり語り合い、そろそろ帰ろうとしたとき、

「そうだ、森田から伝言があった」川田はふと思い出したように言った。

鈴木は川田の方を向き、耳を傾けた。

「こないだ加藤を入れて四人で小さな同窓会をやっただろう？　あれが森田にはとても楽しかったらしくて、今度みんなでどっか温泉にでも行こうって」

「温泉？」

「ああ、だんだん秋らしくなってくる。秋から冬にかけては温泉が一番いい。森田は既に場所に目星をつけてるみたいだ。それに、そのころになればお前も退院してるだろ」

「……そうだな」鈴木は頷いた。

病室の扉に近いところにいた川田の位置からは、鈴木の顔は彼の背後の窓の光で真っ黒に見え、うかがい知ることはできなかった。ただ何となく、笑顔であるようなそんな気がした。

第十章

コンパクトディスク

「いやあ、とにかくひと段落だな」

川田はそう言って中ジョッキをあおった。上唇にビールの泡が白ひげのように残った。

「そうね。それにしても、貴さんも慣れない業務を最後まで頑張ったわ。ヘマも多かったけどさ」

隣で加藤はそう言って、カウンターの大将に空になった大ジョッキを振ってみせた。

つい四時間ほど前に、本社ビル最上階会議室でビデオ試写会を終えた二人は、とりあえず仮の打ち上げということで、場末の焼き鳥屋に入っていた。飲み始めて間もないものの、すでにかなりの酔いの心地に達していた。

川田の視界の端で、門先の赤提灯のくすんだ朱色が夜風に揺れていた。カウンターの奥から焼き鳥の脂っぽい匂いが、煙をともない鼻腔を突く。

目を閉じると四時間前の、緊張した情景がありありと浮かんできた。

＊

深い絨毯が足音すら吸いあげる役員専用の円形会議室。照明は落とされ、前面のスクリーンのあたりに仄白い光がたなびいている。

川田は長らくこの会社に勤務してきたが、この部屋に入り仕事をするのは初めてだった。ビデオ試写の準備を行っている時、彼は思った。（こういう重々しいところで役員会議をやるんだな。ふう、ここにいるだけで緊張する。本部長が出席するから仕方ないけど、もっと明るい雰囲気の会場はなかったものか……）

準備を一通り終えて三十分後、再度会場に入った川田が会議室会議卓に目を遣ると、一番奥の席には創業者である社長の御姿が！

（えっ、まさか……）川田は、声も出なかった。

社長は、昨年古希を迎えたとはいえ、いまだバリバリの現役の経営者である。その両サイドを固める専務と常務。さらに取締役の営業本部長と商品企画部長。まるで御家老衆のように泰然と構えている。その他列席していた十数人の幹部たち。中には外国人も二名ほどいた。川田は試写会の司会を務める八木部長に思わず尋ねた。

「部長、こ、これは一体……」

「まあ、見てのとおりだ。本部長がな、社長に『ビデオに取引先専務の娘さんが出ている』と話したら、興味を示されて……そして観客も増えた」

古狸、いや古ヤギというべきか、部長はさすがに肝が据わっていた。一方川田は、会議室後方入り口あたりにカチコチに固まり突っ立っていた。その横では加藤が、進んでいく試写会を神妙な面持ちで見守っている。

定刻となり、上映が開始された。

スクリーンに映像が映し出され、スピーカーからは音楽とナレーションがややこもり気味に聞こえてきた。川田にとっては何度も聞いてきた内容であるはずなのに、緊張のあまり、その言葉も内容も理解が難しく感じるほどだった。

映像が終わると同時に、会議室の照明が灯り明るくなった。川田の身体からは汗が噴き出て、体内の水分が全部出てしまうのではないかと思うほどだった。ふと隣に目をやると、加藤が微笑んでいる。自信がありそうでいて、どこか緊張から解放されたばかりの引きつったような笑顔にも見えた。

「ああ、君」老社長が席を立ち、川田の方を指さして言った。「君が担当したのかね」

「そうです、川田課長であります」そう答えたのは司会の八木部長だった。「そのお隣が、制作をお願いした映像プロダクションの加藤美代子さんです」

「そうですか」社長はゆっくりと腰をおろしつつ、うんうんと幾度か頷いた。社長は席についても、しばらく川田の顔を見据えていた。川田がこらえきれなくなり目をそらそうとしかけたその時、社長が川田に軽く親指を立ててみせた。川田はバサッと音がするほどの勢いで深く頭を垂れた。極度の緊張で、下げられた頭は錨を下されて固められたかのようであった。しばらくそのまま会議室に沈黙が流れた。

やがて、誰かがゆっくりと拍手をし始めた。川田はゆっくりと頭を上げ、聴衆の方を見た。拍手の主は、なんと社長だった。（し、社長……）自然と川田の胸に熱いものがこみ上げてくる。

やがて、堰を切ったように場内に拍手が鳴り響いた。

役員たちが退席した後、しばし川田がぼっとしていると、

「おい君たち」

八木部長が近づいてきていつものぶっきらぼうな言い方で、「中々見事な作品だった」と珍しく賞賛した。

「はあ、あ、ありがとうございます」川田は一瞬戸惑ったが、ほっとした表情を浮かべた。

「社長も、本部長も満足されていたようだ。なんせ、映像を見たその場で、宣伝課に二千枚のコピーを命じていた」

「二千枚！」川田は声を裏返して言った。

「そんなにコピーするんですか」

「そうだ。スタッフ研修のみならず、幹部のリーダーシップ研修にも使いたいそうだ。それに、加藤さん」

「はい」

「役員たちはあなたの映像技術にもいたく関心を示されていた。また近々別件の依頼があるかも

しれない。その時はよろしくお願いしますよ」

「ありがとうございます」加藤はうやうやしく礼を述べた。

「お話しさえいただければ、どんな仕事でも誠心誠意取り組ませていただきます」

「じゃあ、その時はまた僕がプロデューサーを引き受けるよ」

ようやく落ち着きを取り戻した川田が、本気とも冗談ともつかない調子で口をはさんだ。

「へっ、冗談でしょ」

「何だよ、オレと組むのは嫌なわけ」

「一体、どれだけアンタのドジで苦労したと思ってるのさ」

「おい、そりゃないだろ。僕だって頑張ったし」

二人のやりとりをにやにやしながら見ていた八木部長は、

「加藤さん、いいじゃないですか。今回の作品は良かった。それに案外二人は息が合っているようだし」

「は、はあ……」

「川田、しかしな、あの女装だけは封印しておけよ。はっはっは……」高らかな笑い声を残し、八木部長は会議室から出て行った。

＊

「ちょっと、アンタ、アンタ！」

「うわ、な、なんだよ加藤」

「アンタ酔っぱらうには早すぎるわよ。さっきからニヤニヤしながらぼーっと虚空を見つめている。いくら仕事がひと段落したからって、気味悪いったらありゃしないわ。他のお客さんが見てくすくす笑ってるよ」

「えっ……？」

川田はあたりを見渡した。振り向いた川田の視線を避けるように、急に会話の声が大きくなった。「もっと早く止めてくれよ」川田はそっと加藤を振り返り、困惑しながら呟いた。

「止めたわよ。アンタは昔っから、自分の空想に入りこんじゃうと周りが見えなくなる上に、仕草に出るのよね。白昼夢っていうの？　気をつけた方がいいわ」

加藤はそう言うと、傍らに置いていたカバンから、一通の茶封筒を取り出した。

「ところで、はいこれ」

「な、何だよ急に」川田は突然目の前に押し出された封筒を反射的に受け取った。

「いいから開けてみなさいよ」

封筒の口は糊付けされていなかった。川田は無造作に封筒の中に手を突っ込んだ。指先に触れたものをつまみ、封筒の外に引っ張り出した。

川田の目に「三〇年の旅」と題字されたCDのプラケースが現れた。

「おおおおっ！」

「おまちどおさま」

「CDできたんだ」川田の声は興奮のあまりうわずり気味だった。

「本当は昨日の夜に仕上がってたんだけどね。今日が試写会だったから終わってからと思って」

「ありがとう！　いやあ……早速家に帰って聴いてみるよ」仮編集のCDは聞いていたが、修正を加えて完成したCDがどんなものか一刻も早く聴いてみたかった。

「もう夜も更けてるからイヤホンで聞きなさいよ。それと、ほら」

そう言って彼女は同じCDをもう一枚取り出した。

「これは？」

「例の子に渡すんでしょ」加藤は不敵な笑みを浮かべて言った。

「う、うん」川田は小さく頷いた。

「だからコピーを持ってきてあげたわよ」

「そうか、それはありがたい、気が利くな」

川田は、プラケースをあけてドキリとした。CDの表に大きな文字で「To Risa : with the sound of my favorite songs」と記してある。

「お、おい。これって」

「いいでしょう。気持ちがよく伝わって」

「いや、しかし、ちょっと、僕には……」

「何言ってんの、これくらいやらなきゃだめよ。あと、CDを渡したら必ずその結果をアタシに報告しなさいよ」

「な、何を報告するんだよ」

「何って、分かりきってるじゃないの。CDを渡す時にあんたがどんなドジを踏むか、そしてどんなドジな言葉を投げかけ、どんなドジな結果を迎え、どんなドジな言い訳をするか、よ」

「そこまでドジ尽くしってことはないだろ」

「どう考えたって、スマートにいくわけないでしょ。で、いつ渡すの」

「まさか今日CDが手に入るとは思ってなかったから、まだ何にも決めちゃいないよ」

「何言ってんのよ。CDを手に入れた瞬間、もう明日渡すに決定じゃない」

「ええっ……明日？　いくらなんでも早すぎるよ」

「まったく、今日の今日まで一緒に仕事をしておきながら、時間がいかに貴重か、まったく学んでないわね」

加藤はカウンターを拳でドンと叩き、

「アタシと仕事する時、全ての行動は『即実行』！」

「分かった、分かりました。明日……いやまあ明後日までには渡すから」


ベッドサイドの赤茶けたランプの明かりが、寝室の隅を暖かく浮かび上がらせていた。川田はベッドに仰向けになり、完成したCDを聞きながらプラケースにはめ込まれたデザインを眺めている。

表面にはカナダで撮影した湖の絶景。山の稜線がV字型に迫り、その向こうにカナディアンロッキーの雄大な姿が映っている。文字通り人生の山あり谷ありを示すかのようで、自分でもピッタリだと思う。山脈上部にかかるかどうかの境に『三〇年の旅』の題字。このタイトルにはいろいろ悩まされたが、最もストレートな名前にした。これが最良かどうかは分からない。それを決めるのは、あと何年か経った時このCDを再び手に取った自分であろう。

裏返すと真っ白な氷河の写真。その左上に収録した二十曲のリストが載っている。改めてリストを見ると、スタンダードもあれば、映画音楽やアニメソングなどもある。これらの音楽の総体は、川田の人生を謳いあげており、同時に彼のパーソナリティーそのものを表しているとも言えた。

収録は、順番や次の曲までの間合いまでこだわり、フェードイン・フェードアウトなどの効果もつけてもらった。

曲が終わり、次の曲が頭出しされる短いイントロとともに、自分の中でなにがしかの画が浮かぶ。それは時代であったり、思い出であったり。そして曲が進むうちに胸が熱くなり、我知らず涙目になるのだった。

川田は考えた。

きっと誰もが、心のうちに自分のベストナンバーを持っているに違いない。誰もがひたむきに生きている人生なんだから……。

その翌々日。空は雲一つない快晴で風もなかった。いよいよCDを渡す。川田の心は決まっていた。

（視線を固定し……相手がためらって目を逸らす瞬間に……アクション！）川田の胸中では、先日お見舞いに行った『恋路の師範・鈴木』から伝授された奥義の文句が呪文のように繰り返されていた。その一方で加藤から言われた「ドジ尽くし」の文字もちらついていた。ドジなアクシヨン、ドジなセリフ……、いかにもありそうで、今更ながら行くのをやめようか、この段になってすら不安もどんどん大きくなるのだった。

（まあ、今日の今日では、北山さんにも都合があるだろうし……）

昨日、つまり加藤と仮の打ち上げを行った翌日の事、北山へのアプローチは、以上の理由から明日とした。いかにも他人を思いやったように聞こえるが、実際は、いざとなって尻込みしたというのが本音である。とはいえ、加藤に宣誓をした手前、何一つ行動に移さなかったというのも気が引けるので、とりあえず北山のオフィスにメールは入れた。

《明日のお昼休みに駅前のコーヒーショップの前に来てください》

昼休みに「お」をつけるか、読点を打つべきか……さんざん苦労して、たったこれだけの文を起こすのに二十分以上を要した。さらに改行してCDについて書こうとした途端誤って「送信」ボタンを押してしまった。何と意味深？なメールを送ってしまったものだと頭をかきむしったが、そこは物事が一歩進んだものとして、取り消しも追加メールもせずに諦めた。送ってしまったものは仕方ない。

翌日、川田は、昼休み時間になるのを待たずに会社を飛び出した。スーツ姿に茶封筒。誰が見ても、得意先に見積書でも持っていく営業マンといった感じである。しかし実際に彼の持っているものは、『三〇年の旅』ＣＤと、「社会人たるもの冷静たるべし」という日頃の格言適用を取りやめた強い想いだった。

街路樹の緑は少しずつ秋らしく山吹色に変わってきていた。駅前とはいえ車の少ない静かな通り。ふと、鈴木が「イメージコントロールも重要だ」と言っていたことを思い出した。

＊

「いいか、川田」

病床の彼はやつれた顔ながら、目を熱く輝かせ、川田に諭した。

「世間は『恋は駆け引き』と言う。それはあながち間違いではない。しかし、そんな手玉に取ろうとする姿勢は相手に絶対見破られる。なぜならそこには邪心をまぬがれないからだ。もっとフラットに人間の精神に接する態度が必要だ。俺が思うに『恋は心理学』だ」

「心理学？」

「そうだ。恋を学問の一分野にまで昇格させ、己の中で高尚なもの、尊ぶべきものと位置づけて日々努力する。それでようやく恋に心理学を活かすことができるようになる」

「鈴木」川田は頭をポリポリ掻いて割り込んだ。「ご高説はありがたいけど、日々努力たって、何も僕は今彼女を口説こうとしているわけじゃないし、ＣＤを渡す日はそう遠い先ではないんだ。

概論はいいから簡単な実践編を教えてくれよ」

「仕方ない。じゃあ俺が昔使っていた奥義を伝授しよう」

川田は身を乗り出し目を閉じて耳を傾けた。鈴木は重々しく語り始めた。

「いいか、まず相手と向かい合う。目を合わす。ひと言ふた言交わす。ある程度話していると、会話が途切れるだろ。沈黙になる。それでも視線を交わし続け、相手がこらえきれなくなって目を逸らしても、我慢して一呼吸分だけ見つめ続ける。相手はそこで必ず動揺する。それを見計らい、誘い文句を呟くと、相手は動揺しているので断れない……」

「それって」川田は目を丸くして言った。「だからまさしく『恋の駆け引き』だろ」

「馬鹿だなあ。全く分かっちゃあいない……」

そう言われて川田は口をつぐんだ。達人の鈴木から静かに、どこか憂いを含んだまなざしでそう言われると、こちらが間違っているのかもと、思わず息を飲み次の言葉を待ってしまう。

「まあ聞け。この奥義で一番落ちるのが四十代。次が五十代。成功率は全世代アベレージ十六・九％」

「うわあ」川田はのけぞって椅子から転げ落ちそうになった。「統計まで出てる。しかし二十代は上位ランクでもないし、その四十代、五十代って不倫じゃないのか？　だから、俺が知りたいのは……」

「分かっているさ」川田の動揺を尻目に鈴木は続けた。「恋に年齢は関係ない。それがたとえ好意ある想いを伝えようとする気持ちであっても根本の原理に変わりはない。大きな意味で、愛を感じて嬉しくない奴はいない」

「な、なるほど……。まあ、たしかに動揺を誘うってのは、あるかもね」

「いいか。本番まで時間がないのならしっかりイメージトレーニングをしろよ。経験値が少ない分、何度も繰り返して理想的なイメージを思い描くんだ。健闘を祈るぞ――」

*

――よく考えたら独り者の時期が長い鈴木の言う事。どれほど効果があるのか分からない。でも現状何の手立ても見当たらないのは事実だし、チャレンジだけはしてみよう。『チャレンジ』という単語がプラス思考に作用して、川田は歩を進めるごとにだんだんポジティブになってきた。

そんなことを考えているうちに、駅前のコーヒーショップの前まで辿り着いた。バスロータリーの柱に掲げられた時計の針が、長短二本ともてっぺんを指していた。川田はしばらくあたりを見回していたが、北山の姿はまだ見えない。一分、二分と時が経ち、川田はやや口の中が乾いてくる感じがした。

「おかしいな……」思わず独り言が出た、その時、

「川田さん。こっちです」

背後から女性の声がした。北山だ、そう思った川田はすっと振り返った。

目の前にいたのはダークグリーンのつば広ハットを被り、すっきりしたベージュのワンピースに身を包む北山の姿だった。いつものように清楚なパンツルックだと思っていた川田はあっけにとられた。それ以上に目を奪われたのが、彼女が大ぶりのサングラスをかけていたことだった。

「川田さん、こんにちは」北山はサングラスの下に頬を丸めてえくぼをつくり、にこやかに挨拶した。「今日はオフだったんです。メールいただいて、ちょうど駅前に買い物に行こうと思っていたので」

(うわあ。奥義が、封じられた！)

川田はひと言も発さぬうちに動揺を覚えた。

「川田さん、川田さん？」

「は、はいっ」

「あ、失礼しました」そう言って北山はサングラスを外した。「人とお会いするときに、サングラスは失礼ですよね。すみません」

北山は申し訳なさそうに頭を下げ、川田の顔を覗き込んだ。現れた涼しげな目元。川田はます

ます動転した。こうしてサングラスが外れたというのに、もはや奥義の存在すら意識から消え失せていた。

「いえ、失礼なんて、こと、ないよ。紫外線は、目に、毒、だか、らね」

「どうしちゃったんですか？　言葉が切れ切れですけど、お疲れのようですね。ところでご用ってなんでしょうか。もしかして、また家族旅行の企画でしょうか」

「ややや違うんだ」

「じゃあ会社の研修旅行か何かですか。今のシーズンは実は時期的にお得なんですよ。温泉付きプランに名湯が揃っていたり、豪華宴会プランがお安くなっていたりと……」

「そそ、その件は、またパンフレットを、も、もらいにいくよ」

「じゃあ……お詫びの件ですか？」

「お詫び？」

「以前、会社のビデオに出演の話がありましたよね。その件で」

「いやいや、その件はもうまったく無事終了して。こちらからお願いしておいて、ほんとうにすみません」

「無事終了ということは、完成したんですね。それはよかったです」

「実は今日お呼びしたのは」川田はひとつコホンと咳払いをし、姿勢を正した。

「北山さんに渡したいものがあって」

そう言って北山に茶封筒を差し出した。

「これ、なんでしょうか？」北山はそれを受け取り、手元で裏と表を返したりしながら訊ねた。

「その中には一枚のCDが入っています」

「CD？」

「うん。この間、カナダ旅行で大変お世話になったけど、旅行中にいろいろなことを考える機会に恵まれて。その、これまでの人生のことや、友人や家族のこと。それに、自分の周りにいる大切なひとのこと」そう言ったところで川田は面を上げ、北山の顔に視線を投げかけた。北山は茶封筒を見つめていた。

川田は緊張の面持ちで話を続けた。「そうしたら、自分の好きな音楽、節目節目で出会った音楽を一枚のCDにしてみたくなって、その、全体として一枚の絵のように……で、それを北山さんにも聞いてほしいなと思って」

川田の言葉を黙って聞いていた北山は、にわかに封筒に手を入れて中身を見ようとした。

「ま、待った」川田はそれをあわてて制した。「家に帰ってから見てほしいんだ。なんというかその、目の前で開けられると照れくさいので」

「分かりました」北山は笑顔で手を止めた。「では、家に帰ってからにします。ちなみに今回は以前のように、開封の時間指定がありますか？」

「こ、今回はありません。けど……そのＣＤの中身なんだけど、えっと、その……」

川田はだんだん頭の中が白くなってきた。（ああ、カンペでも用意しておけばよかったか）

「ＣＤの内容ですか？」北山の問いかけが、助け舟のように感じられた。

「そう、そう内容、内容。えっと、つまり、古い洋楽から新しいＪポップ、アニメまで、いろいろ詰め込んでしまって。ちょっと雑多で出来栄えに自信はないんだけど……でも聴き終わった時、北山さんに『笑顔』を届けられますようにと」

「わたしに笑顔をですか？」

「え、いや、ま、あの、それは、いろんな意味で、その、誰もが、はは」

「ありがとうございます」北山は茶封筒をカバンの中に入れた。「今夜はこのＣＤを聴きながら過ごすことにします。それでは、これで」

「今日はオフなのに、わざわざありがとう」川田は軽く手を挙げた。

北山はひとつ会釈すると、川田に背を向け、歩きはじめた。正午の日差しが天から照りつけ、彼女の頭上の帽子のつばが、腰のあたりまでくっきりと影を投げていた。

「あ、北山さん」川田は声を挙げ北山を制した。北山は振り返った。すでにサングラスを掛けていた。

「き、聴いてくれたら、感……いや、気楽に聴いてみてね」

川田は「感想を聞かせて」と言いかけて思わず言葉を飲み込んだ。

視線の先の北山は、サングラスの下にえくぼをつくり、軽く頭を下げた。そして再びこちらに背を向け、ゆっくりと駅舎の方に歩いていった。川田は彼女の後姿が見えなくなるまでその場にじっと立っていた。北山が駅舎の柱の陰に消えた時、背中の汗が急に冷たくなった。

第十一章

親と子と

――心洗われるひと時は、いつも昼下がり、優しい時間に訪れるもの……

バルコニーに初秋の柔らかな日差しが当たっている。わずかな風にレースのカーテンが軽く揺れ、奥の方から幽かに音楽が聞こえる。

彼女はキッチンに立っている。ノスタルジックな音楽に軽くハミングをあわせ、クッキーか何かを作っている。

小ぶりなトレーにティーポットとマグカップを乗せ、キッチンからリビングへ。CDプレイヤーから聞こえる歌の歌詞が、耳にはっきりと聞こえてくる。彼女は目を閉じ、あらためて曲に聞き入る。（心温まる素敵な音楽を、ありがとうございます）彼女はCDをプレゼントしてくれた人の姿を念じ、呟くように礼を述べる……。

――こんな風だったら、いいのになあ。

だけど現実はそう思うようにはいかないよな。例えば……

キッチンの彼女は、メレンゲを泡立てる手の動きを止め、ため息をついた。

パタパタとスリッパを鳴らしリビングへ。CDジャケットを手に取り裏面をざっと見る。

(どうも、今一つピンとこないわ。人生経験豊富なオジサマがたには懐かしく、思い入れのある曲かもしれないけど、私からすればただの古い曲でしかない。それで感想をと言われても……)

彼女はためらうことなくCDプレイヤーのスイッチを切った。

(今時BGMにもならない。それが私の感想よ)

そうしてCDを引き出しの奥へと仕舞い込む。二度と光の差し込まない、奥の奥へ。


——ああ、こんな風だったら残酷だなあ。もしかしたら彼女にとっては退屈だったかも。だから返事のメールが送れないんだ。あんな思わせぶりなことを言って渡してしまって。迷惑だったのかもしれない。いやあ、困ったなあ……

だが、待てよ、もしかしてすごく気に入って……

いや いや、そんな筈はない……でも……


「父さん」

軽快なノック音とともにドアノブの回る音がして、川田は我に返った。「どうぞ」とも言わぬうちに目の前で扉が開いた。そこには智之の姿があった。

「トモか」川田は顔を拭い、居住いを正して言った。「だ、大学は休みか」

「今日は日曜日。父さんだって家にいるだろ」

「あ、そういやそうだな。ハハ、ハ」

「ん、どうしたの？　汗かいてる」

「え、い、いや。ちょっと暑いかな」

川田はなんとかその場を言いつくろったが、不意を突いたトモの指摘に体が熱くなった。それもそのはず、この日は朝からずっとボーッとし通しだった。頭の中は北山のことでいっぱいだった。彼女への妄想は、これまで瞬間的に熱を帯びることはあっても、長時間の思考を席巻するほどではなかった。しかし今日は違った。

（……あのＣＤ、聞いてくれたかな？）

駅前でＣＤを渡してからの二日間、川田の頭の中は、そのことばかりが反響していた。智之は「暑い」と答えた父をいぶかしく思った。（これは……父さん、何かあるな？　以前、カナダ旅行をまだ家族に内緒で企画してた頃にも、こんな雰囲気の時期があった。もしかしたら、また何かサプライズがあるのかもしれない）智之は淡い期待を胸の内にしまいこみ、部屋の中ほどへ歩を進めた。

川田家の家長の部屋は、壁面いっぱいの書架、サイドボードにロッキングチェア、古書籍特有の紙の香りに包まれた、いわゆる書斎——といった趣はこれっぽっちもない。ごく普通の六畳一間だった。使い古した机と椅子、ソファーベッド、少し背の高い洋服ダンスに腰高の本棚。机の上には旧式のノートパソコン。本棚の上には小ぶりのCDプレイヤーが置かれている。

「このところよくかけてるね、このCD。買ったの」智之はソファーベッドに腰をおろし、CDプレイヤーの方に目を向けた。その脇に見慣れないCDジャケットが置かれてあるのを見つけた。

「ああ、それか」川田は嬉しそうに頷き、息子の方に身体を向けた。

「フフ、父さんが作ったんだ」

「はあっ?」智之は思わずCDケースを手に取り、表裏を返してつぶさに見つめた。

「ほ、本当にオリジナルだ。結構きちんとデザインしてあるじゃん」

「だろ」

「歌詞カードも印刷してあって、ライナーノーツまで……えっ、ライターが川田貴久! こんなのいつの間に作ったのさ」

「ふっふっふ。なかなかだろ」父川田は歯を見せて無邪気に微笑み、息子にVサインをしてみせた。

「だけど、知ってる曲って、三つ四つかな」

「え…… まあ、父さんの思い出の曲ばかりだからな。トモが生まれるウンと前の曲もいくつかある。だけど、一曲一曲に父さんの胸の奥の記憶を呼び覚ますメロディーがあるんだ。青春も、驚きも、喜びも。まさに『我が人生三十年の集大成』とでもいうかな」

「ふうん。結構お金が掛かったんじゃない」

「知り合いを通じてお手頃価格にはしてもらったよ。それでもそれなりに掛かった」

「そんなお金、どこにあったのさ」

「それはもちろん小遣いをコツコツと貯めて、少々埋蔵金も使ってな」

（埋蔵金？　そんなもの一体どこに……？）

『お父さんには三万円』――これは毎月末ダイニングのテーブルで家計簿をつける母が、帳簿に書き付けながらも最後の最後に呟く言葉である。父の月々の小遣い額を知る智之としては、制作費などとんと見当もつかぬものの、相当無理して工面したに違いないと思った。しかしそれでも、CDの話をする父は心底嬉しそうで、自然と笑みがこぼれている。

……すると、父さんは今あまりお金をもってはいないだろうけれど、ご機嫌は最高潮ってことだな。ならばチャンス……。

智之はようやく、今日父の部屋を訪ねた本来の目的に移ることにした。

「あのさ、父さん」智之があらたまって切り出した。

「ちょっと頼みがあるんだけど」

「頼み？」

「急な入用で、五千円ほど……三千円でもいいや、寄付してほしいんだけど」

「急用、三千円？」

川田は首を傾げてしばらくじっと息子を見つめていたが、やがて、

「お前、もしかして『デート』とか」

「な！　い、いやまあ……」

普段的外れで思考が方向音痴な父が、当てずっぽうに放った一言は、偶然にも的を射ていたようだった。智之は気持ちを揺らつかせながらも、落ち着きを装い、

「ま、細かいことはいいじゃん」と言葉を濁した。

「いいなあ！」父川田は腕組みをして目を閉じフーンと息をついた。

「な、何がだよ」

「いや、若いということはいいことだ、ということだ」

「父さんだって、若い頃はきっといろいろ……」

「うーん、何もないことはなかったさ。しかしあの頃はお金がなかったなあ」

「じゃあ、どうやって女の子のご機嫌をとってたのさ」

「気の利いたプレゼントなんか買えないから、手作りだ」

「手作り？」

「そう。今聞けば気障かもしれんが、手紙や詩を書きおくったり、友人なんか歌を作ってギターで歌ったりしてた。そういうのがまだ喜ばれた時代だった。料理の出来る奴は家に招く口実までできて羨ましかったなあ。それに、恋をすると創造力が高まって、何かと作りたくなるもんだ」

その時ちょうど、ＣＤプレイヤーから流れる曲が終わった。親子の間に一瞬の沈黙が生じた。

やがて次の曲が流れ始めた。智之はＣＤプレイヤーの横に置かれた父のオリジナルＣＤを見た。はっとして父の方を振り返ると、父が自分から目を逸らしたところだった——ような気がした。

智之はニヤリとして、

「はあー。ぼくにもなにか物を作るテクニックがあればねえ」と、いかにもわざとらしく言った。

「ま、まあ今の時代は」川田は智之に目をやり言った。「昔と違って洒落た物が多いし、男の野暮な手作り品というのもはやらんだろうな。たぶん」

「じゃあ、寄付ＯＫ？」智之はそう言って両手を差し出し、頂戴のポーズをとった。川田は苦いして頷いた。しかし何か思うところがあったらしく、ほんの数秒目元を険しくしたかと思うと、

「おい、トモ」父川田は、改めて厳しい調子で智之の目を見据えた。

「な、なに」智之はびくっとして父の目を見返した。父は言った。

「お前、大学生にもなって女の子とデートするのに三千円の予算とは何事だ！」

「そんなこと言ったたってさ」

「男ってのはな」川田は椅子から立ち上がり、洋服ダンスの前に進むと、観音開きの扉を開いた。そして、中に掛かるスーツのジャケットのポケットに財布を探しはじめた。智之に向けられた父の背中は、その間も息子に語りかけることをやめなかった。

「デート中に何が起こるか分からないだろう。大学生でもデートするなら少なくとも一万円ぐらいは持っとくのがマナーというもんだ」

「いちまんえん!」まだロクにバイトもしていない智之にとって、一万円の響きは魅力的だった。タンスを前に財布を取り出す父の後ろ姿を見て(おお結構太っ腹なんだ)初めて父をカッコイイと思った。

「ホラ、何も言うな。黙って持っていけ」

父川田はそう言って息子の眼前に一枚の紙幣を差し出した。窓からさす西日が二人の姿を陰に晒した。

「と、父さん」智之は指先でその紙幣を指し示した。そして、

「これ、五千円札だよ」

――何も言うなって、言っただろ。

「うう……イタかったなあ」

その日の午後六時ごろ、川田は駅裏の歓楽街の路地を歩いていた。空はもうすでに暗く、星がネオンの中でぼんやりと光を放っていた。

（トモのやつ、余分に一万円も持っていれば、ちょっとは洒落たディナーに彼女をエスコートできたろうな）

川田は歩きながら、満面笑顔の智之を思い浮かべた。（三千円じゃファミレスがいいところ。アイツ、少しは感謝しろよ……それにしても一万円は正直イタかった。今晩加藤と会う約束があるのを、すっかり忘れていた。だいたい五千円でも十分ありがたいだろ。それを、武士に二言は無いはずだとか、訳のわからん理屈をこねられて、結局持っていかれちゃった。あのへんは母さんそっくりだよ。しかも、余計なことまで口を滑らせてしまって……何か覚られたような気がするなあ）

川田はブツブツ言いながら、さらに細い通りへ歩を進めた。入ってすぐのところに赤煉瓦造りの古めかしいバーがある。裏道の裏の裏にあるこの店の存在を知る者は少ない。それもそのはず、この街に昔から住む常連たちだけの隠れ家的なバーなのだった。そしておそらく、川田の知る限りこの辺りで最も古い酒場だった。川田はためらうことなくその店の扉を引いた。

「おーい。こっちこっち」

奥の席で加藤が手を振っている姿が見えた。(お、もう来てたのか。珍しく早いな)川田は軽く手を挙げて返した。周りを見回した。他に客は一人もいなかった。バーカウンターの奥で、白ひげのマスターが意地悪そうにこっちを見て笑っていた。川田も一応笑って返したが(何がおかしいんだろう? 数十年ぶりに来店したっていうのに)怪訝に思いつつマスターの前を通り過ぎ、加藤のいる席までたどりついた。すると、

「ばあっ!」

「うわあ」

席の隅に置かれた観葉植物の陰から、飛び出すように森田陽一が姿を現した。

「森田! どうしてお前がここに?」

「アタシが呼んだのよ」椅子にふんぞり返ってすでにビールをジョッキ半分空けている加藤がいたずらっぽく笑った。

「いやあ、加藤から電話があってさ」森田は実に嬉しそうに加藤の前に掛けた。

「なんでも、川田の恋路についておもしろい話が聞けるというから、早々に店を閉めてここに来たってわけよ。いやあ、しかしこの店、久しぶりに来たな。たしか成人して初めて酒を飲んだの、この店だったよなあ」

「そうそう」加藤が相槌を打った。

「ま、まて。思い出話は後にしろ」川田は目を白黒させ話を遮った。「きみらは何か、人の話を肴に酒を飲もうって魂胆か」

「そうよ。さあ、アンタも席に着いて」

川田はウーンと唸り声をあげ、森田の横にしぶしぶ掛けた。すると傍らから、

「ミヨちゃんから全部聞いているよ」

「はいっ？」

いつの間にか席までやってきたマスターが川田に声を掛けた。そして赤ワインのボトルを机の真ん中にドンと置いた。

「ミヨちゃんが、こっちに帰ってくるって電話くれたんで、ぜひ昔みたいにウチに集まってほしいと言ったら、本当に集まってくれて。みんな元気そうでなによりだ」

「マスターこそ、すっかりおじいちゃんになったけど元気そうで何より」加藤が笑顔でこたえた。

「今日はみんなとの再会を祝して、そして川田くんの何やら愉しい話に花が咲くように、このワインはお店からのプレゼントだ」

「ええっ！」川田は頭の中が真っ白になった。

「さあ貴さん、観念なさい」加藤は三つ並んだワイングラスにマスターからのプレゼントを注い

で言った。

「あんたのドジづくしのエピソードを聞くために、みんな万障繰り合わせて集合し、おまけにこういった粋な趣向まで凝らしているのよ。さあ、今日はみんなを楽しませないうちには帰さないからね」

「ふぇえ」川田は情けない声を挙げた。「特に何も面白いことは起こってないよ」

「何も？　何もって、どういうことよ」

加藤の声のトーンがはっきり低く重々しくなった。

「CDは確かに渡したよ。加藤がぼくに渡してくれた翌々日に」

「で？」

「で、って……言われても」

川田は、加藤と森田の冷たい視線に耐え、何とか気持ちをふりしぼり、きれぎれに声を発した。

「か、感想メールとか来るんじゃないかなー、って思ってるんだけど、ま、今のところなくって。かといって、こちらから『どう？』って聞くのも、なんだか『早く聴け』と急かしているみたいでどうかなぁ、なんてね」

「なにが『なんてね』だ」森田は冗談じゃないとばかり声のボリュームを上げた。「川田、今日はお前の話で一生分笑うつもりで、わざわざ店を閉めてきたんだぞ。それをして『なんてね』とは何事だ。お前今晩このまま話が何にも進まなかったら、後で今日店を閉めてきた分の売り上げを補填してもらうからな」

「補填って、不動産屋だろ。そんなに日銭でどうこう変わる商売か。知ってるんだぞ。いっつもパチンコ屋か釣堀ばかりほっつき歩いているくせに」

「やかましい。あれはフィールド・ワークってやつだ。世の経済動向を調査してるんだよ。不動産販売は現場が一番、とにかく現場調査が必要だ。そんなの常識だろ」

森田はバツの悪そうな顔をして席に腰を下ろした。すると今度は加藤が、

「あんた、こういう場合、メールを待ってても駄目よ。こっちから『こないだは突然ＣＤなんか渡しちゃってゴメンね』て感じで、様子をうかがってみないと」

「え、しかし、早すぎないかな」

「馬鹿ね。アンタ、女の子はむしろそういうメールを待っているものよ」

「おいほんとかよそれ」

「何？　信用できないわけ？　女の子の心理について、アタシが何か言っても信用できないってわけ？」

「やや、そうじゃなくて」

「ほら、今メールしなさいよ、今」

「で、でも」

「メールじゃなくて、電話でもいいわ」

「でで電話？」

「コホン。川田くん」

ふと、マスターがいかにも自信ありげに口を挟んだ。

「実はこの店Ｗｉ－Ｆｉ入るんだよ」

「通話は関係ないでしょうが」

再会が熱を帯びるにつれ会話は弾み、やがて話題も変わっていった。夜の空気は穏やかさを取り戻し、それぞれの前に何杯目かのカクテルが並んでいた。今夜のバーのお客はどうやら川田ら三人だけで終わりのようだった。マスターは表のポーチライトを消灯し、自分も三人に加わった。マスターと加藤は、遙か昔加藤がバイトをしていた頃の思い出に話の花を咲かせた。川田はその話にのんびりと耳を傾けていた。

すると森田が川田の耳元に赤らんだ顔を寄せ、小さな声で訊いてきた。

「おい川田、そのお前の好きな人って、トシはいくつなんだ？」

「えっ、さあ二十……二十代後半かな」

「彼氏は？」

「さあ、どうかな」

「趣味ぐらい聞いたのか？」

「そういえば知らないな」

「おい川田、それでどうやって彼女を口説こうっていうんだよ！」

森田はしびれを切らし、椅子を蹴って立ち上がった。マスターと加藤はびっくりして森田を振り返った。森田はさらなる質問爆弾を投下した。

「お前、キスぐらいしたのか？」

「す、するわけないだろ」

川田は目を白黒させ、手のひらを前に突き出し左右に振った。「あのなあ、言っとくけど、別に彼女にアプローチしているわけじゃなくって」

「はあ？　お前、言ってることとやってることがバラバラじゃないか。それじゃあコトは少しも前に進まねえぞっ！」

「いよっ！　音羽屋ぁ〜」「タっぷりとッ！」マスターと加藤が森田に声を飛ばした。それを受け、森田は歌舞伎らしく首をねじり目元を凄ませ、川田に向かって見栄を切った。しかし川田は、なんでよりによって森田に恋の説教を受け、弁明しなければならないのか合点がいかず、苛立たしげにかぶりを振った。

「だから言ってるだろ。その、ありのままの自分を伝えたいというか、理解してもらえればいいんだよ」

「ええい、お前はそうやっていつまでも自分の気持ちに嘘をついてるんだな。俺が目を覚ましてやる。いいか川田。口説け！　いますぐ電話して口説け！　男だろ。愛人の一人や二人、男の甲斐性だろうが」

「はあっ？　じゃあ森田は不倫するのか？」

「バカ、俺はカアチャン一筋に決まってるだろ」

「お前、自分が何言っているか分かってるのか」

「ホレ、同級生で保険の外交をやってた奴、名前は忘れたけど、愛人が二人いるんだってよ」

「あ、それ梶田だろ」

「そうそう、ヤツだ。お前に似てあんまり風采のあがらない奴だ。見習ったらどうだ」

「なんで俺が見習うんだよ」

「貴さん、はやく電話しなさいよ」加藤が割り込んできた。

「しくじったら俺が介錯してやる」

「うち、Ｗｉ‐Ｆｉ入ってるよ」

（この話はもう終わったと思ってたのに……）

川田がいいかげんうんざりしていると、
ブブブブ……
テーブルに置かれた携帯電話のバイブレーションが起動し、小刻みに揺れて卓上を低く這った。
それは川田の携帯だった。四人の視線が一斉にそれに注がれた。

＊

夜のバス停に一組の若い男女の姿があった。二人は初々しい様子で、互いに相手の顔にちらちらと目を遣った。

やがて、男の方から話しかける。

「バスが来るまであと何分くらい？」

「十分くらい……かな」

「乗るまで、見送るよ」

「え、それじゃや、トモが電車に間に合わなくなるよ」

「大丈夫。電車は本数が多いから」

「……ありがとう」

「今日は、楽しかった？」

「うん、すごく楽しかった」

「それはよかった」

「今度はわたしが美味しいお店、紹介するね」

「ありがとう。あ、ひとつ聞いていい」

「何？」

「全然話の流れが変わるけどさ。うちのおや……いや、俺の知り合いがね、自分の好きな音楽を集めたCDを作ってさ」

「うんうん」

「それを、ちょっと気になっている女の子に渡したらしいんだ。そういうのって、女の子的に、どう？」

「どうって……うーん」

「重い？」

「いや、重いっていうか……もらっても、どうしていいか分かんないな」

「困る？」

「う……でも、好きな人からもらえたら、やっぱ嬉しいかも」

「嫌いな人なら？」

「嫌いな人なら最初から受け取らないわ」

「じゃあ、何とも思ってない人からだったら？」

「……それが一番大変かなあ」

「断り方？」

「うーん。やっぱり傷つけたくはないよね。そういうCDって、相手が自分のことを想う時間を持ってくれたってことでしょ。自分の知らないところで、誰かが自分のために、何かを作ってくれたんだよね」

「そっか。じゃあ、あのさ、もし、俺が……」

「あ、バスが来たわ」

「えっ……あ、うん」

「今日はありがとうね」

「俺こそ」

　バスの中扉が開く。枯れたアナウンスが行く先を告げる。乗り込んでいく背中を見送る。自動扉の蝶番が軋り二人の間に扉が閉まる。バスの後姿が小さくなっていく。

　その有様に、なぜか父の笑顔がオーバーラップした。

第十二章

想い

「おい、川田。今のはメールだろ。誰からなんだよ」

森田はそう言って、川田の手元を覗き込もうと、ぐっと顔を近寄せた。

「ちょ、そう急ぐなよ。ったくヒトのメールだぞ」

川田は身体をよじり、携帯電話を敵の進撃からかわした。

「その逃げ方からすると、例のコからなんだろ」

「おい、ちゃんと見るから、ちょっと身体を離せ」

川田は努めて冷静に携帯の液晶画面に目を遣った。

着信メール一件 :kitayama dta.com

(あっ、北山さんからだ)

「彼女からでしょ！」加藤が声をあげた。「携帯の画面を見た途端、アンタの目元口元が緩みだしたよ。ホント、分かりやすい男だね」

「加藤、まあ待て。まずは川田にメールを読ませてやれよ」

「言われなくたって読むよ、自分のメールだ」

川田は周囲の野次をかいくぐり、メールを開けた。ひと通り読み終え、川田は顔を上げた。

「で、何て書いてあったわけ？」

加藤は身を乗り出して詰め寄った。

「何って、その……良いというのか、なんというのか、『ＣＤありがとうございます』って」答えながら、川田の目は丸くなったり、上目遣いになったりするのだった。

「ったく、どうなのよ。煮え切らないわね」加藤はすっかり呆れた様子で言った。

「ははあん」森田は腕組みして言った。

「はぐらかされたんだな。そりゃそうだ。そのコとは仕事での付き合いもあるんだろ？」

「なるほどそうね。営業スマイルってやつね」

（うっ……！）川田は心を突かれる思いがした。（そんなあざといことはないと思うけど……でもゼロではないのかなあ。確かにメールには思っていた反応とはちょっと違うところも……）しかし、川田はそんな不安を飲み込んで努めて冷静を装った。

「き、君たち。どうしてそんなふうに人を穿った見方でしか見られないんだ。心を尽くして作ったものを送ったら、ありがとうって返事がきた。ふ、普通じゃないか。それで、い、いいじゃないか」

言葉を重ねるにつれ、川田の態度は、そのメッキが少しずつ剥がれ落ち、最後のあたりは目を白黒させ不安そのものだった。そんな川田の表情を目の当たりにした森田と加藤は、ちょっといたたまれない気持ちになり、顔を見合わせ、「お前、なんとか言えよ」と目で促しあった。しかし、どちらもうまいタイミングが見つからず、ひたすら悶々と川田の様子を見守っていた。

川田といえば、言いたいことを言ったのち、再び携帯電話の画面に目を遣り、微笑んだり、首をひねったり、ブツブツと独り言を始めたりと、不可解な動きを見せた。

「川田」ようやく森田が口を開いた。

「悪かった。お前が真剣になっているのを茶化して」

「アタシも……」加藤も照れくさそうに同調した。「別に茶化しているつもりはないけど、なんていうか、その……」

川田は顔を上げ、加藤の方を向いた。加藤は口ごもるように言った。

「簡単に言えば、ちょっと羨ましくなったっていうか」

「羨ましい？」

「そうよ。だってさ、五十過ぎて彼女にプレゼント渡してドキドキして、まるで高校生みたいじゃない。それが羨ましくなくて、何が羨ましいっていうのよ」

「まったくだ。いいなあ、川田は。俺なんか、高校生の頃だって、そんなことはなかったぞ」

「そ、そうかあ？」川田は二人にほめそやされ、照れた表情を隠せなかった。

「と、いうわけだからさ」加藤はすっと、右手を開いて差し伸べた。「さ、メールを見せなさい」

「えっ？」川田が戸惑っていると、そこに森田が突っ込んできた。

「俺も加藤も、今日はみんなおまえの話を聞くために集まったんだぞ。マスターだって、ワインを二本も開けてさ。この状況は、メールを見せないことには収まりつかないだろ」

隣では、マスターまでウンウンと頷いている。

「いや、ええっ……」

「ほらほら、どうせ見せることになるんだから、さっさと見せなさいよ」

「どうせ見せることになるって、どういうことだよ」

「アンタ忘れたっていうの？」加藤はさらにぐいと右手を突き出し「CDを渡したら結果を報告するって、約束したじゃない。ドジづくしの結果を！」

「あ……確かに。そんな約束……したかな」

川田は携帯電話をしぶしぶ加藤に手渡した。すると脇から森田が覗きこもうとしてきた。

「おい、森田とは約束してないだろ」

しかし、加藤は携帯電話の画面を一緒に見るべく森田に身体ごと寄せた。

「どれどれ」森田と加藤のニヤついた顔が、下から発せられる携帯画面の青い光に不気味に際立った。

From :kitayama dta.com

件名　ＣＤ聴きました。

こんばんは。夜分にメール失礼します。ＣＤ聞かせていただきました。いつも英系メタルなどハードロックを聴くことが多いので、ゆったりした音楽もいいなと思いました。ＣＤを聴いていたら、ふと実家のことを思い出し電話をかけてみました。すると母が出て「彼氏はいつできるの？」って。いつものことで慣れっこにはなっていますが、娘の行く末が心配なのでしょう。でも私にはまだまだチャレンジしたいことがイッパイあります。それに、今の私の最愛のカレは、カメレオンのジロー。仕事でひどく疲れて帰宅しても、ジローが餌の肉団子をパクついているのを見ていると、可愛くてとても癒されます。爬虫類の彼氏がいるなんて、ちょっと驚きました？　とにかく素敵なＣＤをありがとうございました。川田さんとお話ししていると、いつも親近感を覚えます。（勝手にそう思っています、ごめんなさい）

「はあー。苦しい、助けて」

「か、加藤、ほら、立って。ソファに掛けるんだ。床に寝転がってちゃだめだ」

「だって、こんなにおかしかったの久しぶりで。腹筋がちぎれそうだわ。そういう森田だって、顔中ビショビショ。涙で真っ赤じゃない」

「ワッハハッ、ああ、俺だってこんな馬鹿笑いしたのは久しぶりだ。途中で息が詰まって、本当に危なかった」

二人の向こうに川田のブスッとした顔があった。手には大事そうに携帯電話が握られていた。

「いったい何がそんなにおかしいんだよ」川田は口を尖らせて言った。

「何がおかしいって」加藤はマスターから差し出されたおしぼりのタオルを受け取り、目じりを拭った。

「アンタ、カメレオンに負けちゃったんだよ」

「プハッ……」傍らでまた森田が吹き出した。

「これからは毎日ネクタイや髪型を変えたりして、カメレオンを見習わなきゃダメだぞ」

「うるさいな。お前こそ、年がら年中同じものばかり着ているクセに」

「でもさ」

加藤が赤ワインのグラスを空にして言った。

「最後に『親近感を覚える』ってあるじゃない。彼女にとって貴さんは、やっぱり好感の持てる人なんだろうね」

「お、なんだ今度は川田寄りの発言か」

「うーん、私も一枚かんでる話だけにね。悪い結果じゃないしさ……。いまひとつな感じもするけど……あんまり良すぎる結果でもいけないしね」

「そうだよな。川田には妻も子供もある。ホントのところ、もし万一のことがあったら？と、俺もちょっと心配してたんだ」

「アンタねえ……さっき不倫けしかけてたの誰よ」

しばらく森田と加藤のやりとりを眺めていた川田は、携帯電話を取り出し、もう一度メールの文面を開いた。

――まあ、よかった、とにもかくにも返事がきた。ＣＤだって聞いてもらえたし。ただ……メールはＤＴＡからだから……そういえば彼女は土曜休みが多い、だから昨日返事が来なかったのか。そうか、僕のアドレスは彼女の携帯には登録されていないんだ……ああ、何だかちょっと寂しいね。

――彼女は激しい音楽が好きなようだし、好みは相当違う。ん？　好み？　ジェネレーションギャップかも。ＣＤを聞いて実家を思い出したってことは、彼女から見ると自分は親世代の人間ってことだよな、当たり前だけど。でも、もしかしたら彼女もこんな答えだと僕がヘコむかもしれないと思って……それでカメレオンのカレシを持ち出して和ませようとしてるのかも……。いいコだよな。

川田は、手元にあったおしぼりで顔をゴシゴシ拭った。冷気が顔に広がっていくのを感じた。

「どうした、川田」森田の声がした。「泣きたくなったのか？」

「いや、それほどまでは」川田は顔からおしぼりを取り除き、森田の顔を見た。森田はわずかに目元を潤ませ、じっと川田の目を見つめていた。川田は驚いて、

「えっ、どうしたんだよ」

「いや、なんだかさ」森田は川田の手元からおしぼりをさらりと抜き取ると、自分の目頭に当てた。

「加藤とお前の話をしていたら、感情移入の挙句、最終的に俺までふられたような気分に」

「ふ、ふられたって露骨に言うなよ。言われるまで、そんな気無かったぞ」

「川田よ、現実から目を背けるな。とにかくこうしてお前を通して得られたすがすがしさは、俺に清らな涙を催させた。その事実は、何にも代えがたい宝物だ。ありがとう、川田くん。ありがとう、熱情！」

「妙に詩的になりやがって」

「森田の心持ち、アタシ分からないでもないな」

「えっ……？」川田は加藤を振り返った。

加藤はいつになく穏やかな表情で川田の視線を迎えた。彼女はゆっくりと語り始めた。

「自作のＣＤに想いを託し、意中のコに渡す……アンタのやったことは猪突猛進の一直線。端で

見ているとどうしようもないんだけど、そういう情熱と行動を一致させるエネルギーって、大人になったら失ってしまう大切な『何か』よ」

「ははぁん」森田は腕組みして頷いた。「川田は永遠の少年、なんだな」

「そうね。で、私たちはそういう貴さんの側にいると、少年少女の頃に帰ってこれたような、なんだか嬉しい気分になるわ。そんな『何か』は、きっとそのコにも伝わっていると思うよ」

「いやあ、どうかなあ」川田はポリポリと頭を掻いて言った。「昔っから女心ってやつに疎くって。『面白い』とか『優しそう』とは言われても『魅力的』とか『カッコいい』とは言われたことなかったな。いつも身の丈以上に背伸びしてみるんだけど、結局彼女のヒーローにはなれないんだよな」

「フフ。それが貴さんらしくていいんだよ。ヒーローにはなれなくても、一度思ったら一直線ってところ、案外格好いいよ」

「そ、そうかあ」

「アタシだって一応女だからわかるよ。あのね『格好いい』っていうのは、何も目鼻立ちや八頭身スタイルっていうのばかりじゃない。根性があったり、情にもろかったり、なにげない優しさだったり、そういう要素も『格好いい』に含まれるものよ」

「おい加藤、あんまり川田をほめるなよ」森田がやっかむように口をはさんだ。

しかし加藤は続けて言った。

「貴さんは、花で言ったら……タンポポ、かな？」

「タンポポ？」川田・森田・マスターの声が和音した。

「そう。タンポポの種ってあるでしょ。あのふわふわした綿毛。あれが花弁から音もなくすっと抜けて、そよ風に乗り、ふわふわと宙を舞う。そして地上に降り、そこでまた花を咲かせる――」

うっとりと語る加藤のまなざしの先には、うす暗いバーの天井があるだけだった。しかし、彼女の言葉の力によって、その場に居合わせた一同の目には、天井の暗がりにいかにも秋らしい薄水色の空が広がっているのが、確かに見えた。

朝焼けを思わせるその空には、おだやかな箒雲が幾筋も描かれていた。

――ふと、空の下方から、ごく小さい白い毛花が、ふわりと姿をあらわした。それは最初、戸惑うように右へ左へ漂いながら、やがてゆっくりと上空へ浮かび上がっていった。毛花は、ひとつ、またひとつと増えてゆく。穏やかな風が、純白の綿帽子たちを運んでゆく。花を求める土地に彼らをいざなうように。

想いをのせて、空のかなたへ。

雲は綿帽子の行方を見守っていた。それはまるで、雲が綿帽子たちの役目を知っているかのようだった。天上から望む綿帽子たちの姿は、とても儚く、とても小さかった。そして、見下ろしたその先に、地上から帽子を見上げている四人の小さな姿があった――。

＊

秋は次第に深まっていった。

加藤は、しばらく地元に滞在し、時折舞い込む映像制作に携わっていたが、やがて「ちょっとデカいヤマがきた」と言って、ひょいと海外に旅立って行った。

川田はといえば、北山を想うことは相変わらずだったが、ＣＤの一件以来、向こう見ずな熱情は収まり、静かにそれまでのことを振り返っていた。

――最近は一年が短いんだけど、この一年は、出会い、再会、別れ……いろんなことがあった。彼女のことも。

あの残暑厳しい八月の終わり、朝駅に行く途中で北山さんと出会った日のことを思い出す。あの時は、思いがけず出会い、楽しい会話ができて奇跡的だと思った。朝日に彼女の横顔とメープルのネックレスがキラキラ輝いて、目にまぶしかった。

しかし、今考えると……その輝きは、陽の光や出会えた嬉しさによるものだけではなかった。

あの時、自分が抱いていた気持ちと、彼女が自分を想ってくれた気持ちが自然に呼応し、一つになって、心に響きわたったものだった。

これから先、ひょっとして、彼女ともっと親しく話をする機会だってあるかもしれない。でも、あの時感じた不思議な高揚感にはもう出会えないような気がする。それは、恋愛とも違うし、長い時間をかけて育まれた夫婦愛とも違う。心に突然訪れた一瞬のきらめきだった。だから、あの時彼女と歩いた僅か数分間は、その意味で奇跡の七百メートルだった――。


その後川田は、北山と数回メールのやりとりをした。内容は、研修旅行の段取りや特典ツアーの企画等、主に業務関連のものだったが。時に、川田もそういった旅行に同行した際など、旅先の景色や感想をメールで送ることもあった。それに対し、北山からは普通に親しげな返信が届いた。

川田はその返信メールを読み返しては、微笑んだり、頷いたりした。実は、北山の返信には、川田がイメージする彼女の反応との微妙なずれがあった。それは、内容の良し悪しではなく、おそらく感覚的なものだったが、その違いを埋める方法など思い至らなかった。それでも川田は嬉しかった。

(そりゃあそうだ。歳も好みも違うし、彼女のプライベートなんてほとんど知らない。理解しあうには、長い年月が必要だ。もっとも、ハハ、女性の心理はやっぱり分からないかも……)

＊

晩秋のある日、突然悲しい知らせが届いた。

長らく入院していた鈴木が亡くなったのである。


「どーだ、鈴木！」

眼前に広がる雄大な奥飛騨の雪化粧に向かい、森田は両腕をピンと張ってフォトフレームを突き出した。その横で、川田は二、三度静かに頷いた。

「まるで吸い込まれそうな景色だな」

同じ雪山なのに、夏に観たカナディアンロッキーとは何か違う、日本の山は、どこか孤独で、寂しげだ――でも、川田はすぐに、それは今鈴木の事が頭にあるからそう感じるのだ、と思った。

「う、さぶ。川田、もう中に入ろうぜ」森田は顔をしかめ、鈴木の写真を懐に入れると、浴衣の前をキュッとそろえた。

十一月末の福地温泉は、透きとおる冬の寒さだった。

生前鈴木と交わした「一緒に温泉に行こう」という約束を果たすため、川田と森田は二人でとある宿に泊まっていた。

「学生時代に来た時も、晩秋だったよな」森田はフォトフレームに、はあっと息を吹きかけ浴衣のそでで丁寧に拭った。

「うん。しかし、泊まった宿は、ほんとにここだったかな」

「そこ、こだわるな」

「だって、その昔、鈴木も一緒に来てるんだし」

「もう何十年も前の事だ。宿はどうだか覚えがないけど、山の景色はあの時と何も変わっていない」

「うん。変わっていない」ふと、甘く香ばしい匂いが漂ってきて、二人の鼻孔を心地よく突いた。

奥の間の数寄屋造りの庵室は、六帖ほどの広さで、闇に溶けるような暗さだった。明かりは部屋の中央の囲炉裏に入った裸火だけだった。その傍らで、灰地に突き立った三本の五平餅が、暗がりで火の穂の明かりを受け、きつね色に輝いていた。

「お、ちょうど食べごろだ」川田は鼻をクンクンさせ、囲炉裏の一辺によいしょと座った。

「ああ、いい香りだ。五平餅なんて、単に米を焼いただけなのに、こういうところで食べると御馳走なんだよな。ほれ、おまえはココだ」

森田は囲炉裏の上座にフォトフレームを立たせ、自分はその隣、川田の対面にドカッと胡坐をかいた。

三人で囲炉裏をかこんでいる。何十年ぶりだろう。火の小さく爆ぜる音が、プツ、プツ、と続く。

川田は鈴木の写真をまじまじと見つめた。フレームの中の鈴木は、囲炉裏の裸火の揺れるのに合わせ、赤く白く顔色を変えた。

『事成りしあかつきには、ちゃんと報告に来いよ』見舞いに行った時、鈴木と最後に交わしたやりとりの中にそんな言葉があったのを、川田は忘れていなかった。もし報告してたら、鈴木は何と言っただろう……

『えっ、お前、本当にCDを渡したわけ？』

『返信があっただと。そりゃ奇跡だな！』

瞼の裏に浮かぶ鈴木は終始ニコニコしていた。そして最後にひと言、

『ま、川田らしいといえば、川田らしい結果だな』

「あっ！」

突然森田が大きな声をあげた。

「ど、どうした」川田は驚いて目を見開いた。

「い、いま、鈴木が」

「鈴木が？」

「呆れ顔をしたような……気がする」

二人はほぼ同時に、囲炉裏の上座におかれたフォトフレームを見た。

鈴木は何事もなかったように、枠の中でにっこりとほほ笑んでいた。

＊

――時の流れって、止められないんだな。

鈴木には、改めてそれを教えてもらった気がする。

自分たちに出来ることは、ただ「今を大切に生きる」ってこと。そして、出会う人たちとの縁を大切にすることかな。

考えてみれば、僕の周りには素晴らしい仲間たちがたくさんいる。家族やしょっちゅう会う野球仲間はもちろん、長らく会っていなかった加藤、森田、逝っちゃったけど鈴木。彼は心の中に生きている。そうだ、カナダのポールも。彼とは年一回手紙一通であっても、三十年以上友情が続いているんだよな。そういう絆って人生の宝物だ。こんなふうに、北山さんとも長く交流できたら……。

彼女はきっと、誰かと恋に落ち、結婚し、主婦になり、母になり……いや、案外ずっと独身かも……。まあ、それはともかく、大切な友人であってほしい。そして、いろんな経験を積んでいつまでも彼女らしく輝いていてほしい。

しかし、それは自分こそだな。たとえ体は少々よぼよぼしても、気持ちだけは『瑞々しく』だ。輝いた人に出会った時、心ときめくことができるように――。

川田は様々な思いの中、じっと天を見上げていた。

＊

「…………おや？」

川田はゆっくりと上体を起こした。

日曜の昼下がり、部屋にはいつものように暖かい日差しが投げかけられていた。

（ちょっとうたた寝してたようだ……なんだかとてもいい夢を見ていたような気がする）

ふと気が付くと、ソファーベッドに横たわる自分の身体に毛布が掛けられていた。部屋の方に目を遣ると、椅子がデスクにきちんと入れられている。

（ははぁん、蓉子だな。いつだって部屋に入るなり「もう、あなたはいつも椅子を出しっぱなし！」だもんな）

川田は、ベッドサイドに腰を掛け、窓の外を見た。夏の頃からすると、空の色はますます青く、冬の訪れを告げている。近頃大分冷えてきたせいか、温もりへの憧れが高まってきているような気がする。

(こないだの福地温泉は、心地よい旅だった。だいたい温泉なんてのは、どちらかというと高齢者の旅だと思っていたが、案外そうでもない。……いや、まてよ。こっちがそういう年になってきたってことか。ウーン、だとすると……。ま、いいものをいいと感じることに、何の問題もないさ。そういえば、蓉子と二人っきりの旅行って、一体どのくらい行ってないんだろう。久々に温泉でも誘ってみるか。よし、パンフレットでももらいに行くとしよう)

川田は立ち上がり、パパッと着替えを済ませると、窓の外を見てコートを羽織り、部屋を出た。

(でも、「いびきがうるさい」とか「すぐに一人でどこかへ行っちゃう」とか言って嫌がるかなあ？いびきなら耳栓でもしてもらえれば何とかなるし……。今回は夫としてちゃんとエスコートしてみせよう)

「おーい蓉子！」

川田は玄関で靴を履きながら、奥に呼びかけた。

「なあに？」

「ちょっと出かけてくるよー」

川田は表に出た。頬に当たる風が冷たかった。背筋をまっすぐ伸ばし、歩き出す。

見上げると、突き抜けるような青空を、一筋の雲が気持ちよさそうに流れていた。

第十三章

エンドエピソード

◇その後：ある日のDTA

「川田さん、いらしてたんですか。お久しぶりです」

「おお、高橋さん。今度の海外出張は長かったんだね。あれっ、ちょっと色が黒くなったんじゃあ？」

「分かりますか。今回はアラブだったんで。なんせ暑いところで」

「アラブ？　それはまたすごいところに」

「ええ、ドバイでOPEC関連の会議がありまして、その宿泊関係で」

「ほおー、今回はまた仕事のスケールが半端ない」

「ハハハ、たまには、そういう仕事もあるんですよ。でも、長く日本を空けていたらちょっと気になることが発生しまして……」

「どうしたんです？」

「私が海外に出張している間に、どうやら娘にカレシができたようなんです」

「あれ、高橋さん、娘さんがいたんですか」

「ええ、大学二年生です。まあ、恋人ができてもおかしくない年なんですが、相手のことを聞いてみたら、ちょっとなんだか」

「何か気にかかることでも？」

「そのカレシ君自体は、ハンサムで優しくて頭の良い好青年なんだそうです。その彼が、自分のお父さんについて話したという内容が……ククク」

「ちょっと、そんなひとりで笑っていないで教えてよ」

「そのお父さんって人は、年は五十過ぎくらいらしいんですけど、どうやら二十代半ばの女性に惚れたみたいで。そこまではいいですよ。問題はその先。なんでも、お気に入りの音楽を集めたCDを自作して、そのお嬢さんに渡したっていうんですよ」

「……」

「その話を聞いて、すごいお父さんだなあ、CDをもらった女性も大変だなと。最初はただ笑っていたんですが、よく考えたら、もしかしたらその人と将来親戚になるかもしれないわけですよね？　そう思うと今度は胃がキリキリ痛くなりまして」

「え？」

「あんまり痛いんで、おととい病院に行きましたら、ポリープが見つかったんですよ」

「ええっ？」

「もっとも、良性でしたからホッとしました」

「はあ、それは」

「でも、お医者さんが言うには『良性とはいえ、放っておいたらよくないタイプのものだった、早く見つかって良かった』と。私はもう、そのお父さんに無性にお礼を言いたい気持ちになりまして」

「はぁ」

「でもまさか娘に『カレシのお父さんに会わせろ』なんて言うのは、いくらなんでも早すぎるでしょう？　それで仕方なく我慢していたら、今度はこの話を誰でもいいから言いたくてたまらなくなりまして」

「……」

「でも言う適当な相手が、なかなか見つからないわけです。そうするとますます言いたい気持ちは募る一方で。このままではストレスが溜まって仕事に支障がでてしまう……そう思った私は、仕方なく、今朝の朝礼で、みんなにその話をしたんです」

「え……、ええーっ？」

「みんな、『へえっ～！』て、いろんな意味で驚いていましたね。まあ、私はすっきりしてよかったんですけど。アッハッハッ～！」

「ハッ、ハハぁ……。その話高木さんや、き、北山さんも……聞いてたんですか？」

高橋はコクリと頷いた。

（うわぁぁぁあああ……！）

おわり

あとがき

人生いろいろ――時の流れと、日常に想いを馳せて。

人生いろいろですね。日々仕事に追われ、子育てや嫁姑問題などでどたばたし、気づいてみれば五十も半ば過ぎ……。正に自分のことなんですが、過ぎ去った長き日々、一体自分は何をしてきたのやら？　残念ながら人に誇れるような実績はありません。ただ、夢中で頑張ってきた軌跡は、それなりに充実していた気もいたします。

一方、鏡に映る我が姿に、ふと時の流れを感じて何とも寂しい気持になったりもします。

昔「サヨナラ、サヨナラ……」でおなじみの淀川長治さんがラジオ番組に出演し、チャップリンと再会した時のエピソードを語っておられました。

数十年ぶりに再会したのはハリウッドの小さなスタジオ。収録中のチャップリンの頭はすっかり真っ白になっていて、淀川さんは「かつての大スターが……」と思わず涙したそうです。チャップリンが「どうしたんだ？」と尋ねると、淀川さんは「あなたの髪は、すっかり真っ白になってしまった……」そしてもう何も言えなくなり……淀川さんの寂寥を察したチャップリンは、黙って淀川さんを抱きしめた。こんな内容だったと思います。

当時の私は、これを聞いて感動しましたが、今は痛いような思いで共感してしまいます。時は、大切な思い出を作ってくれるけれど、残酷でもあるんですね。

さて、今回の作品で描きたかったのは、ありふれた日常生活の中にある楽しさ、ふとした瞬間に訪れる非日常です。見ている場所も内容も普通なのに、気が付くと別世界を旅しているかのような、そんな世界に皆様を誘うことができたらいいなと思います。

昨今はテレビでも小説でも、大抵は凄い主人公が登場し、波乱万丈で刺激的なストーリーを繰り広げます。それらは、現実世界から離れ、非日常性に満ちています。だからこそ安心して異次元の世界を満喫することができるのでしょうが、作品によっては、わざとらしさや不必要な過激さを感じてしまうこともあります。たまには、平凡な主人公の他愛ない物語もあっていいのではと考えておりました。

この物語に登場する貴さんは、本当にどこにでもいるような「おじさん」です。そんなおじさんが、ひょんなことから若かりし頃のようなトキメキ感に遭遇することになります。そして、自分の三十年を振り返り、友人の助けを得て、不器用にオールドファッションな方法で自分のことを表現しようと頑張ります。

(「ＯＪＩトキ!」の世界です)

形はどうあれ、人が人を想うこと、そして気持ちを枯らさず若々しくあることって素敵ですね。

そして、それは家族や友人たちが支えてくれているおかげだとも思います。
今回、写真家でありイラストレーターでもある作野周史さんが素晴らしいファンタジックなイラストを描いてくださいました。貴さんとその仲間たちが作り出す賑やかでちょっとノスタルジックな情景と合わせ、絵本のように楽しんでいただければと。気の向いた時、ちょっと疲れた時など、本を取り出してお好きな章を眺めていただければ幸いです。

有賀順平

ときめきは　胸の中で　煌く一瞬《ひととき》
ひとしれず現れ　幻と消えてしまう

OJIトキ！の世界が、テーマ曲やイラスト、
ゲストのエッセーなどを通じて広がっていきます。
Webでも、「ホッ」とする空気に浸ってください。
www.sankeisha.com/ojitoki/

OJIトキ!
想い　空のかなた へ

2016年8月1日　初版発行

著　者　　有賀 順平
イラスト　作野 周史
定　価　　本体価格 1,500円+税
発行所　　株式会社　三恵社
〒462-0056 愛知県名古屋市北区中丸町 2-24-1
TEL 052-915-5211　FAX 052-915-5019
URL http://www.sankeisha.com

ISBN 978-4-86487-501-1 C0093 ¥1500E